負けないで！

小笠原恵子

Keiko Ogasawara

創出版

はじめに

「プロボクサーになりたい」

友人や両親……誰にも、ずっと言えませんでした。

「プロテストに受かりました。デビュー戦をやります」

そう報告したら、みんなが後楽園ホールまで応援に来てくれました。

そんなにたくさん来てもらえるとは思わず、嬉《うれ》しくて涙が止まりませんでした。

10年間、私がボクシングをやっているのを周りの人たちは知っていたけれど、プロを目指していたとは思いもしていなかったでしょう。

「なぜボクシングをやっているの？」とよく訊かれたけれど、私はごまかして「ダイエットのため」と言い続けていました。

本音はプロになりたかった。でも、恥ずかしくて言えませんでした。まだ諦《あきら》めないのか？　女のくせに。耳が聞こえないのに。そう言われるに違いないと思っていたからです。

私が聴覚障害者であることは、プロボクサーを目指す上では大きなハードルでした。

耳が聞こえないのにリングで闘わせるのは危険だ、見ている人たちが不安だということは、私もじゅうぶんわかっています。それでも、私はグローブをつけて闘う新空手やキックボクシング、スパーリング大会などを含め10戦以上、実戦のリングに立ちました。

耳が聞こえなくても格闘技はできるんだ、試合ができるんだということを証明したかった。だからこそ、プロボクサーのライセンスが欲しいと思ったのです。しかし、それは簡単なことではありませんでした。どのジムも「難しいだろう」と答えるばかりでした。自分の中でも自信がなくなり、一時はボクシングの道を諦めたこともありました。

そんなときに出会ったのが、トクホン真闘ボクシングジムだったのです。

なぜ、私はボクシングをやっているのだろう。今でも時々考えます。幼い頃から普通学校に通っていた私は、健常者と一緒に育ってきました。でも、学校でも、社会に出てからも、障害者として弱い立場に甘んじてしまう。その悔しさや、本当は負けたくないという気持ちを紛《まぎ》らわせることができるのは、ボクシングだけだったのかもしれません。

しかし、真闘ジムで練習を続ける中で、私はやっと、ボクシングをする意味がわかってきた気がします。本当に負けたくない相手は誰なのか。一対一の殴り合いに見えるボクシングに、どれほど多くの人が関わり、ボクサーをリングへ押し上げてくれているか。

長い、長い時間がかかったけれど、そのことにようやく気づきました。

CONTENTS

第2部 Part Two
聴覚障害との闘い

Part Three

第3部 リングでの闘い

［特別篇］ Special Part
恵子へ――
『負けないで!』をめぐる人々

第1部 Part One

トクホン真闘ボクシングジムにて。リング奥には「挑戦」の文字が

プロボクサーへの道

第1章 プロボクサーになりたい

◆たどり着いたボクシングジム

そのボクシングジムは、荒川区の閑静《かんせい》な住宅街の中にあった。

2009年7月4日。到着したのは夕方6時すぎだった。

本当は5時ごろ着くはずだったけれど、駅から15分くらいの距離を、道に迷って1時間ほど歩き回ってしまった。蒸し暑い日だったので、やっと「トクホン真闘ボクシングジム」という看板を見つけたころには汗だくだった。

看板のある建物は、外から見たら普通の民家にしか見えない。少し戸惑いながらドアの横にあるインターホンを押した。

ドアが開き、中から黒ぶちのメガネをかけた坊主頭の男の人が出てきた。ジムのホームページを見てきたので、その人が佐々木隆雄会長だということはすぐにわかった。

「こんにちは。先ほど電話で体験入門を申し込んだ小笠原です」

私は、運動着とシューズを入れたバッグを手にしていた。

ジムを訪問する前に電話したのは、じつは私でなく母だった。私は生まれつき聴覚障害で耳が聞こえず、電話で会話することができないのだった。

電話をしてくれた母が「来るのは何時でもいいよ、だって」と言った時、私は気になって尋ねた。「耳のことは？」

「言ってない」

「なぜ？」

「言ったら、断られるかもしれないし面倒でしょう。とにかく行なってボクシングができることを証明すれば？」

「まあ……たしかに……」

私はそうつぶやいた。たしかに、他のジムでも耳が聞こえないことをあらかじめ話すと、その場で難色を示されることが多かった。当然かもしれない。女で、しかも耳が聞こえないというのでは、ジムのほうもためらうのが普通だろう。

体験入門に来たことを話すと、会長が私に何かを言った。でも、何をしゃべっているのかわからない。

「すみません、耳が悪いんです」私は伝えた。

すると、会長は自分の目を指差し、そのあと大きく手を横に振って、はっきりと口を動かして言った。

「私、目が見えないの」

ジムの会長が目の不自由な人であることを、そのとき初めて知った。

「どうしよう」

一瞬、私はそう思った。自分の発音では通じにくいのではないか。それに、私はふだんから表情や手振りを使って自分の気持ちを伝えるようにしている。見えていなければ、それも伝わらないのではないかと思ったのだ。

でも、会長は何でもないように「どうぞ」と私を中に入れてくれた。

会長は後に、「目の見えない私が、耳の聞こえない子の入門を断ったらバチがあたるでしょう」と言っていたという。

真闘ジムに行く前、入門するジムをインターネットであれこれ検索した。東京都内にはたくさんジムがあるけれど、月謝が高いところと交通手段の悪いところは除いた。

その中から条件に合ったジムを見つけたので、試しに体験入門を申し込んでみた。耳のことを伝えたら、ジムの人は戸惑ったように「待ってくれ」と言い、電話口で誰かと相談しているようだった。そして「来週に来て下さい」と日時を決められた。

言われた日に訪問し、プロライセンスを取れるかどうか尋ねてみた。ひょっとしたらオッケーしてくれるかもしれない。そんな淡い期待を抱いて思いきって訊いてみたのだが、返ってきたのは「厳しいね」という答えだった。そうなると、私がやりたい練習はできない。結局、そのジムはパスせざるを得なかった。

真闘ジムは、そのことがあってしばらくしてから、ネットで偶然見つけたのだった。月謝もそれほど高くないし、家からもそう遠くない。ダメ元で行ってみようと決めた。

◆目が見えないのにボクシングを!?

真闘ジムを訪れた私は、会長のあとについて玄関を上がり、見学者用の椅子に座った。

会長夫妻の住居の1階を改装したジムでは、すでに数人が練習していた。でも、私は会長のことが気になってしょうがなかった。

「この人が直接、練習生に指導するのかな？　でも、目が見えないと言っていたし……」

すると、会長がミットを持ってジムの奥にあるリングに入っていった。会長に呼ばれたのだろう、ひとりの大柄な男性が会長のあとに続きロープをくぐった。

一番奥の壁には、筆文字で大きく「挑戦」と書かれた額が掲げられている。その二文字を背負うようにして、リングの中でミット練習が始まった。

「バンッ！　バンッ！」

音の聞こえない私にも、衝撃がたしかに伝わってくる。練習生の重いパンチを、会長はミットの芯でしっかりと受け止めていた。「この人は指導者のベテランだ」。長くボクシングを続けてきた私には、すぐにわかった。

体験入門でボクシングをしに来たことなどすっかり忘れ、私は会長の動きをひたすら目で追った。

「目が見えないのにボクシングを続けている。ボクシングを教えている……」

身体の奥から、何か熱いものが込み上げてきた。

見学を始めてどのくらい経ったときだろう、それまで練習していたひとりの男性が私の前に立ち、一枚の紙を差し出した。音田隆夫選手だった。逞しい体つきだけど、とても優しそうな顔だった。

〈ここは真闘ジムです。会長は佐々木会長です。

５年前に脳こうそくで倒れ、後遺症で視力が弱いですが、感覚とうっすら見える視力で教えています。物忘れも最近は少しありますがよろしくお願いします。私はおんだです。

会長はおおらかで、何でも親身に相談も受けてくれるし教えてくれます。〉

受け取った紙には、そう書かれていた。

「会長は、目が見えなくても周りの人に尊敬されているんだなぁ。私も会長について行ってみたい。ボクシング以外にも、何かを教えてもらえるかもしれない」

ミットの手を止め、練習生に熱く語りかける会長を見ながら、そう思った。

◆一番の練習は「よく見る」こと

体験入門からほぼ１カ月後の８月１日、私は正式に真闘ジムの練習生となった。

それまで通っていたアマチュアボクサーやダイエット目的の人を対象としたボクシングジムには退会届けを出した。

真闘ジムに入会届けを出すとき、こんなことがあった。

会長の奥さんから手渡された入会申込書には、「ボクシングをやる目的」という質問項目があり、答えのところに選択肢が並んでいた。

・プロボクサー

・アマチュアボクシング
・体力づくり
・ダイエット
私は「プロボクサー」のところに◯をつけたかったけれど、会長の奥さんは「体力づくり」のところを指差した。まさか私がプロ志望なんて思ってもみなかったのだろう。その箇所に◯をつけながら、結局、このジムもプロは認めないのかと、がっかりした。この出来事で、私は「プロになるのは絶対無理」と信じ込むことになった。

勤め先の歯科技工士の仕事を終えて、バイクでジムに着くのが6時半から7時の間。そこから1〜2時間が、真闘ジムでの私の練習時間となった。

柔軟体操から始めて、フォームの反復練習をするシャドー、サンドバッグ、会長の持つミットにパンチを打ち込むミット打ち、実戦形式のスパーリングと、練習メニューは健常者のジム生と変わらない。私が人とちょっと違うのは、とにかく「よく見る」ということだろうか。

シャドーやサンドバッグのときは会長が横から指導してくれるけれど、何を言っているのかわからない。だから、いったん手を止めて、会長の顔を見て話を聞く。

会長と練習生の会話の様子もよく見る。会長が指導のときにいつも言っていることを頭に入れておくためだ。会長が練習生をほめたら、その人の動きを真似する。

会長にミット打ちをやってもらうときは、ジャブ、ストレート、フック、アッパーなどの指示が聞こえない。いちいち手を止めているとリズムが狂うし、ミットの練習にならないので、会長の出すミットの傾きでパンチの種類を判断している。会長の唇《くちびる》を読み取ることもある。

以前、他のジムでミット打ちをしていたとき、指示内容を勘違いして、慌てて変な場所に打ってしまい拳を痛めてしまったことがある。そのトラウマがあるから、スピードが落ちてしまっても、なるべく正確に打つように気をつけている。

◆補聴器を外す勇気

耳の聞こえない私がボクシングをするときに、一番不便を感じるのがスパーリングだ。ヘッドギアをつけ、実戦形式で行なうスパーリングは「音」や「声」が特に重要な役目を果たす。たとえばゴング。スパーリングでも試合と同じように開始と終了の合図が鳴るけれど、私には聞こえない。

最初は戸惑ったけれど、始まれば相手が前に出てくるし、終わりのときは止まってくれる。回数をこなしていくうちに、不安を感じることはなくなった。

スパーリング中はトレーナーから指示が飛ぶけれど、果たして怒られているのか、ほめられているのか、表情だけでは読み取れないことも多い。でも、迷っていると相手に攻め込まれてしまうので、無視することも少なくない。

もうひとつ、ボクサーは相手の息づかいを聞いて、相手のリズムやスタミナを判断するという。私は、それができない代わりに相手の表情、特に目の動きをよく見て、相手の行動を考える。次は右に動くか、左に動くか。パンチを打とうとしているのか、私のパンチに合わせてカウンターを狙っているのか。予想が外れることもあるけれど、慣れてくると、相手の目の動きで次の一手が読めるようになってくる。

ボクシングをするとき、補聴器はつけない。

私の左耳は完全に聞こえず、補聴器をつけても意味がない。右耳は補聴器をつけていると、何の音かは理解できないけれど、かすかに音が入ってくる。

どんなにわずかでも、音があるのとないのとでは、私にとっては大きな違いだ。高校に行くまでは補聴器を外すことが不安で、外に出ることもできなかった。だから、補聴器を外してスポーツすることも、私にはとても勇気のいることだったし、慣れるまでには時間がかかった。

本当は、補聴器をつけてボクシングをやってみたい。そう思っている。何の音かはわからなくても、音のある状況でボクシングをやったらどんな感じなのか、一度でいいから味わってみたい。補聴器が壊れてしまうので、絶対に無理なことだとはわかっているけれど。

◆「いいか、恵子。わかるか、恵子」

会長は他の男子選手と同じように、それこそ手取り足取り、熱心に指導してくれた。最初に会長に教わったことは、「身体の力を抜く」ということだった。私の手を取ってブラブラと振ったり、腿《もも》を叩いたりしながら
「いいか、恵子。身体の力を抜け。柔軟さを覚えるんだ」
と耳にタコができるほど言っていた。

通い出した頃はコミュニケーションがうまく取れず、戸惑うことも多かった。でも、会長は口を大きく開けてわかりやすく話しかけてくれた。会長がしゃべっているのに気づかず、私がそっぽを向いていると、自分のほうを向かせ、

「いいか、恵子。わかるか、恵子」

と何度も繰り返した。私が「わかる」と言うと、「そうか、わかるか。じゃあ、もう一回やってみろ」と言い、私が首をかしげると、同じことをもう一度説明してくれた。

真闘ジムは、これまでに何人もの日本チャンピオンを出した名門ジムだ。会長の厳しい指導はボクシング界でも有名で、日本一のスパルタジムと言われたこともあるらしい。でも、私が通い始めたころ、ジムはいつも静かだった。今より練習生が少なかった気がする。ジムに行くと、会長が一人でいたときもよくあった。

私がストレッチをしていると、会長がそばにやって来て話しかけてくることもあった。

「恵子、こうやって手のひらを耳に当ててるんだ。耳がよくなるからね」

私は会長の真似をして、手のひらを両耳に当てて目を閉じる。

人には「気」の力があって、自分も手のひらを目に当てて少し視力を取り戻した。会長はそう教えてくれた。それだけで耳がよくなるはずはないと思ったけれど、純粋にそれを信じて私に教えようとしてくれる会長に心を打たれた。

そんなによくしてもらったというのに、私は決して熱心な練習生ではなかった。当初、ジムに顔を出したのは月に4～5回ぐらいだったかもしれない。

そのころ、私は真闘ジムと平行して空手やキックボクシングのジムにも通っていた。ボクシングではアマチュアでも試合に出ることはできなかったし、プロライセンスも取れそうにない。でも、空手やキックボクシングは聴覚障害者でも試合に出場することができた。どうしても試合に出たかった私は、ボクサーとしての道を半分諦《あきら》め、グローブを着けて闘う新空手や、アマチュアキックの大会に出場していたのだった。真闘ジムに通おうと思ったのも、じつは試合のためにパンチの技術を磨きたいと思ったからだった。キックの試合で足を怪我《けが》してしまい、しばらくジムを休んだこともある。少し後ろめたい気持ちで久しぶりに顔を出すと、会長は「大丈夫か。もうできるのか」と親身になって心配してくれた。とても嬉しかった。

通っているうちに、会長だけではなくトレーナーも練習生も入れ替わりで、私に話しかけてくれるようになった。私はもともと無口で、ジムの人たちにとってはたぶん取っつきにくいタイプだったと思う。それでも、真闘ジムに来てから少しずつ、自分から話す時間が増えていった。

あまり行かなかったせいか、会長は私がジムをやめるだろうと思っていたらしい。でも、やめるつもりはなかった。張りつめた中にも温かみを感じさせるこのジムは、私にとって大切なものになり始めていた。そして何より、会長にもっともっと学びたいという気持ちが、私の中で日に日に強くなっていたのだった。

◆「プロになれ」

ジムのリングでいつものようにシャドーしていると、小林亮一チーフトレーナーが近づいてきて、突然言った。

「プロになれ」

一瞬、聞き間違えたのかと自分を疑った。

2010年1月18日のことだ。真闘ジムに通い始めてから4カ月が経っていた。

「今まで断られてきた。プロにはなれないよ」と私は答えた。

「いや、なれる」と小林さんは譲らなかった。

確信に満ちた小林さんの表情を見て、心臓がドクンと脈打った。まさか？　本当に？

二人のやり取りを聞いていた会長が、私に尋ねてきた。

「恵子、プロになりたいか？」

「はい！」

私は、10年前にボクシングを始めてから真闘ジムにたどり着くまでの話をした。

ずっとプロになりたかったけれど、そのたびに断られたこと、試合がしたくて空手やキックの大会に出ていたこと……。必死すぎて言葉がうまく出てこない。それでも、会長は私の話を真剣に聞いてくれた。そして、

「そうか、やってみるか恵子。プロになってみるか」

と言ってくれた。

その日の帰り道、嬉しくて涙が出た。嬉し涙を流すのは、生まれて初めてかもしれなかった。

◆不安と緊張の健康診断

「女子プロボクサー新人テスト」、通称「プロテスト」を受けるには、いくつかの受験資格をクリアしていなければならない。

・満17歳から満32歳までの女子であること
・コミッションドクターによる健康診断に合格すること
・テストを受験する4週間前の妊娠検査が陰性であること
・受験する各地区（私の場合は東日本）ボクシング協会加盟ジムに所属していること

私にとっては二番目の健康診断が一番怖かった。コミッションドクターの判断によって、プロテストを受けられるかどうかが決まる。もし、ドクターが「受験資格なし」と判定を下したら、自分のボクシングの技術を見てもらうこともできなくなってしまう。

半月後の2月1日、職場に半休をもらって豊島区にある病院に行った。

付き添ってくれた舟木肇マネージャーは、「ドクターに大きい声で返事するんだぞ」「空手やキックの試合に出たことも話せばいいよ」とアドバイスしてくれた。

でも、検査室から別の検査室に向かう間、それから待合室にいるときも、私は不安で落ち着かなかった。

視力検査、聴打診、血液採取、尿検査、体内の画像を撮影するＭＲＩ（磁気共鳴画像装置）検査……。

すべての検査を終えると、ドクターが尋ねた。

「小笠原さん、ゴングは聞こえますか？」

私は大きい声で「はい！」と返事をした。

すると、ドクターは、

「わかった。ボクシングコミッションに出しておくからね」

と言ってくれた。

ホッとしたのもつかの間、今度は言いようのない緊張が襲ってきた。ドクターからは何も言われなかったけれど、プロテストを実施している日本ボクシングコミッションが認めてくれるかどうか。気が気ではなかった。

数日後の寒い夜、携帯電話にメールが届いた。舟木マネージャーからだった。

「コミッションから許可が下りた。プロテスト受けられるぞ」

「やった！」心の中でガッツポーズを取った。

本当は嬉しくて飛び跳ねたいくらいだったけれど、そのときは、たまたま空手道場でお世話になった先生と一緒だった。先生にはプロテストを受けることを話していなかったのだ。私は下を向いて、自然とゆるんできてしまう顔を必死で隠した。

プロボクサーを目指す女性はまだ少ないため、受験生がある程度集まった時点で、男子に合わせてプロテストを行なうという。私の受験日は2カ月先の4月6日に決まった。

あれほど待ち望んだチャンスが、すぐそこまで来ている。

毎日が興奮と不安の連続だった。その頃はまだボクシングの動きに身体が慣れていなかった。こんなガチガチな動きでテストに受かるだろうか。スパーリング中も、そんな心配ばかりしてしまう。以前、痛めた手首のこともあって、練習をどんなにやり込んでも満足できない。

それでも絶対に、何としても受かりたいという気持ちは強かった。

◆運命のプロテスト

プロテスト当日。ずっと晴れたり曇ったりの日が続いていたけれど、この日は朝から晴れていた。会長と小林トレーナーに付き添われ、テスト会場の後楽園ホールへ向かった。テストを待っている間は、会長がいろいろ声をかけてくれたおかげで、少しだけ緊張も和らいだ。

しばらくすると、試験官から「タンクトップ、短パンに着替えて部屋で待機するように」との指示があった。そのあとも何か説明していたけれど、口の動きが早すぎてわからない。とりあえずわかるフリをして、試験官について行った。

プロテストは筆記試験から始まる。試験会場にいた受験生のほとんどは男子で、女子は私ともう一人しかいなかった。

出題されるのは「プロボクサーとして当然知っておくべき基本的問題」と事前にわかっていたが、気を抜くわけにはいかない。ドキドキしながらテスト用紙に向かい、それでもなんとか7割くらいは解くことができた。

筆記試験が終わり、そのまま別の階にある試合場へ移動した。

後楽園ホールはボクシングの聖地と言われている。ボクサーにとっては憧れの試合場だ。でも、これから自分のボクシングを厳しくチェックされるかと思うと、後楽園ホールのリングに上がれる喜びをかみしめる余裕はまったくなかった。

他の受験生は、観客席あたりやリングサイドでもう柔軟体操を始めていた。私も慌てて準備運動に入った。

一組しかいなかったからか、いつもそうなのかわからないけれど、実技試験は私たち女子からのスタートだった。

小林トレーナーに背中を押され、リングに上がる。まず、もう一人の女子と二人で2分1ラウンドのシャドーボクシングをやった。リングサイドでは何人かの試験官が私の動きをじっと見ていた。うまくできているのか、全然駄目なのか、まったくわからない。

シャドーが終わると、次はヘッドギアとグローブをつけて、2分2ラウンドのスパーリングだった。

フォームに重点を置いているのか、ただ強さを見ているのか。スパーリングでも審査の基準がわからず、どう闘えばいいのか迷っていた。すると、会長と小林トレーナーは一言、

「本気で行け！」と言った。

「よし、とにかくルールをしっかり守って、思いっきりやればいいんだ」

それだけを頭に叩き込んで、リングに上がった。

私には、頭から前に突っ込んでしまう癖がある。練習中も会長から何度も注意を受けていた。案の定、実技テストの最中も3回ほど突っ込んでいってしまい、そのたびにレフェリーから注意を受けてしまった。

「ヤバい！　減点ばかり取られたらテストに落ちてしまう」

焦りながら、もうこうなったら倒しに行くしかないと覚悟を決めて、連続ラッシュで攻め続けた。腹をくくったのがよかったのか、2ラウンド合計4回のスタンディングダウンを奪うことができた。

この調子だったら受かるかもしれない。終わったあとは、ちょっとだけ自信を持った。でも、あれほど夢に見たプロライセンスを、実際に自分が手にしている姿がなかなか思い浮かばない。もどかしい気持ちでひと晩を過ごした。

プロテストの結果は、翌日に後楽園ホールの掲示板とコミッションのホームページで発表される。仕事で発表を見ることができない私に代わって、舟木マネージャーが確認してくれることになっていた。

翌日、仕事場で作業していると、携帯電話が震えた。舟木マネージャーからのメールだった。作業を中断してトイレの個室に飛び込み、ドキドキしながら受信メッセージを開いた。

「合格だ」

個室の中で、私は万歳をした。

長い間、絶対叶わないと思っていた夢が実現するなんて、本当に信じられなかった。

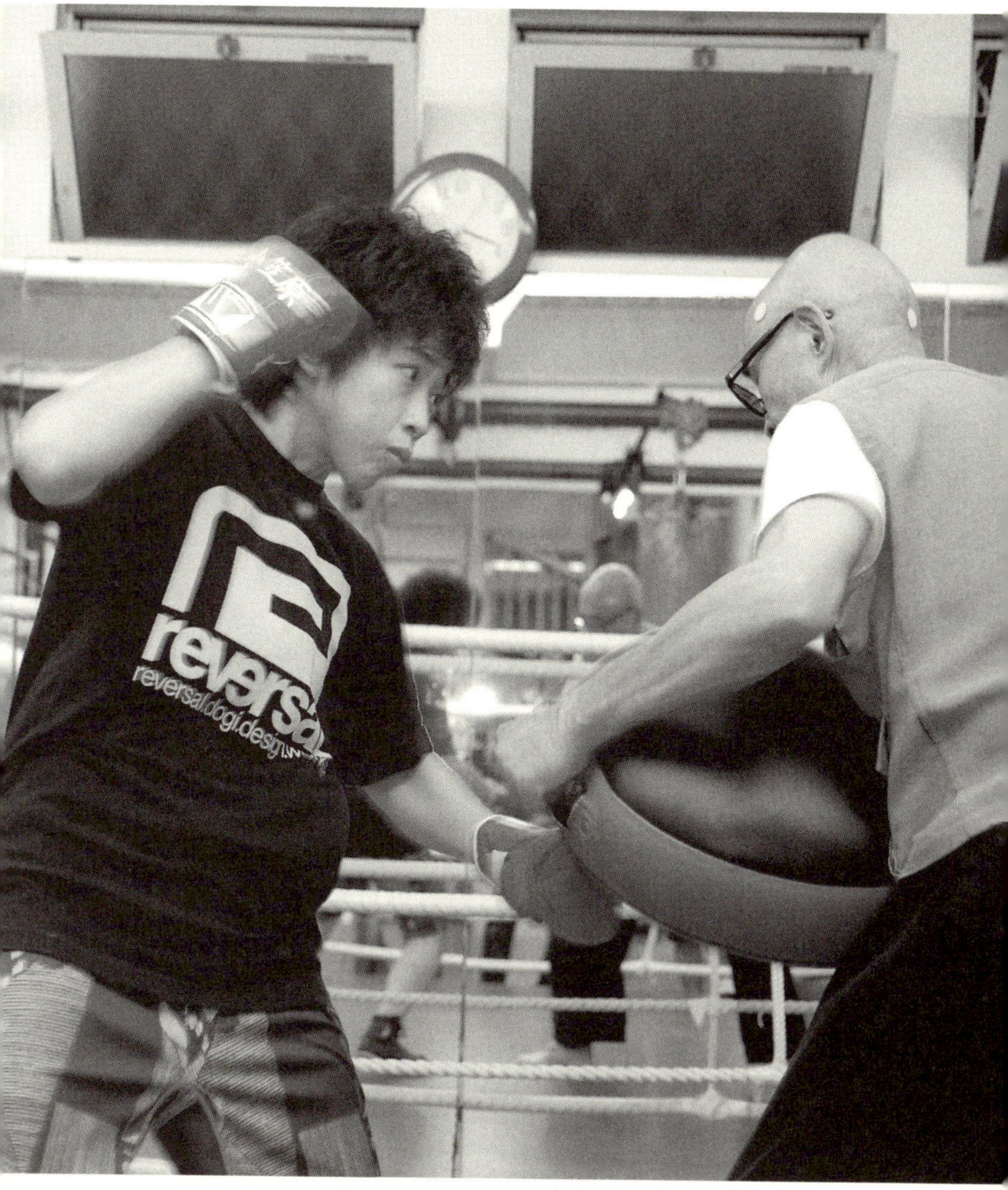

トクホン真闘ボクシングジムで会長とミット打ちを行なう著者

第2章
デビュー戦前夜

◆合格祝いはエキシビション出場

携帯メールは私にとって大切なコミュニケーションの道具だ。

ジムの中での簡単なやり取りだけでは伝わらなかったことも、メールなら細かく伝えられる。ジムの人たちも練習で良かったところ、悪かったところを改めてメールで書いてきてくれることもあるし、連絡事項があれば必ずメールで伝えてくれる。

プロテスト合格の翌日、また舟木マネージャーからメールが届いた。

「亮一さんからプレゼントがある。ジムに行ってみな」

小林トレーナーが、私に何か贈り物があるという。

「何だろう。合格祝いで何かくれるのかな。試合用のトランクス？　いや高価すぎるから違うな」

いろいろ想像してみたけどわからない。

ジムに着き、二階で練習着に着替えて一階のジムに降りると、会長と小林さんがニコニコしていた。不思議そうな顔をしている私に、会長が言った。

「恵子、今度の４月22日にうちで興行をやるだろ？　恵子もエキシビションとして出場しないか？　デビュー戦を迎える前に後楽園のリングに慣れておくべきだ」

まだプロに受かって２日目だ。心の準備も全然していない。正直、戸惑ってしまった。

「早すぎませんか？」そう言おうとしたとき、会長の横で小林さんが、「はい、この報告がプレゼント」と言った。小林さんの嬉しそうな顔を見たら、断ることなどできなかった。

プロテストに合格してすぐリングに上がれるなんて、めったにもらえる機会ではない。特に女子は人数が少なく対戦相手を探すのが難しいから、試合のチャンスがなかなか巡ってこないことも知っている。こんな経験をさせてくれることに感謝しなければならない。

それに、本当に後楽園のリングに上がれるのだ。そう考えると、感激で胸が熱くなった。

「とても緊張しますが、頑張ります。ありがとうございます」

会長と小林さんに意気込みを伝えた。

◆計量会場の熱気

エキシビションの相手はすでに決まっているという。その名前を聞いて、私は少しだけ安心した。プロテストを受ける前からスパーリングでお世話になっている人だったからだ。

エキシビション前日の夕方、計量のために後楽園ホールへ行った。

エキシビションは公式試合ではないので計量を受ける必要はないが、今後試合をやるための準備として見学をさせてもらうことになったのだ。舟木マネージャーも「しっかり見ておきなさい」と言ってくれた。

集合時間前に着いたというのに、計量会場はもう選手でいっぱいだった。

ほとんどが減量してきている人、緊張している人なので、部屋の中が感じたことのない独特の熱気で暑苦しい。自分まで息苦しくなるほどだった。一刻も早く部屋を出たくてしかたがなかった。

計量が終わった人は美味しそうにスポーツドリンクを飲んでいる。私自身、キックの試合のときに7kg落としたことがある。ものすごく喉《のど》が渇《かわ》き、胃が空っぽ状態になった。計量後に初めて食べ物を口にしたとき、いつもの倍も美味しく感じたのを思い出した。

でも、本当はあまりそういうことを繰り返したくない。大食いの私にとってはまさに地獄だ。減量は私にとって一番苦手なことなのだった。

自分の適性階級は53・５kgのバンタム級ぐらいだと思っているが、今回は減量のいらない57kg契約。かなり重い状態でリングに上がることになった。

しばらくして、私の対戦相手もやって来た。とりあえず、あいさつをしておこう。そう思ったけれど、私を睨《にら》んだように見えて、頭を下げそびれてしまった。

そういえばスパーリングをやっていたとき、激しい打ち合いで相手が鼻血を出したことがあった。睨まれたのは、そのせいだろうか。それとも緊張で顔が険しくなっているだけなのか。どちらにしろ、明日のエキシビションに向けて闘志を燃やしているようだった。

そんな雰囲気を察してか、横にいた会長が「明日は仲良く喧嘩してね」と、私たち二人を激励してくれた。

◆これがプロの世界……

エキシビション当日、後楽園ホールの控え室に向かった。

前座試合の選手たちは赤コーナーと青コーナー、それぞれの控え室で試合の準備をする。私は、舟木マネージャーに青コーナーの控え室に案内された。そこにいた選手は全員男性で、私は空いている隅っこの椅子に座った。ぽつんとした気分で居心地がよくない。出番が来るまで黙って控え室の様子を見ていた。

選手たちはこれから闘うというのにリラックスしていた。全然緊張していないように見えるのが不思議でしょうがない。それどころか、みんなニコニコしていて楽しそうだった。一生懸命、髪の毛をセットしている人もいる。闘いを待つ控え室というより、まるで舞台の楽屋にいるみたいだった。

「これがプロの世界……」私は感心しきりだった。

エキシビションの時間が近づいてきた。緊張が高まっていく。そばでは私の相手が準備運動をこなしていた。汗びっしょりだった。

「かなり緊張しているみたい。彼女もリングに上がるのは初めてなのかな」と思った。

その時点では「私は大丈夫。冷静でいられる」と思っていた。

それが大間違いだとわかったのは、試合会場に入った瞬間だった。たくさんの観客を見たとたん、足がすくんでしまったのだ。

そういえば前日、私は向麻紀さんという女性トレーナーに「リングに上がるのは緊張します。後楽園ホールのリングの上ってどんな感じだろう?」とメールしていた。麻紀さんからの返信には、

「お客さんの中にはヤジを言ってくる人もいるんだよ。私も前に後楽園でスパーリングを

したことがあったけど、見知らぬオヤジに『ねーちゃん、早く倒せ！』って言われてムカついたわ」

と書かれてあった。私にはヤジなんて関係ない。ちょっとホッとして、「そういうの、聞こえないから平気」と麻紀さんに返信したのだった。

だが、実際は違った。全然平気ではなかった。こんなにたくさんのお客さんの前でやるのは嫌だな。後悔したかも。少しだけあった自信も一気に失い、Uターンして控え室に戻りたくなってしまった。

それでもリングに上がると、照明が明るすぎるせいか観客が見えなくなった。とたんに静かな感じになって、緊張もだんだんほぐれてきた。「これなら練習のときと変わらない雰囲気だな」。そう思いながら、開始の合図を待った。

2分2ラウンドのスパーリングは、まあまあ冷静にできたほうだと思う。

体重のせいでフットワークの重さを感じたけれど、相手のパンチも見えていたし、クリーンヒットらしいものは受けなかった。試合中に一瞬「お客さんがヤジを言ってるんじゃないかな」と頭をよぎったけれど、何とか落ち着いて2ラウンドやり通すことができた。

試合後、両親と合流し、会場近くの中華料理店で食事をした。観戦に来ていた母は、食事も喉を通らない様子だった。

「恵子がリングに上がったとき、ものすごく緊張したよ。心臓がバクバクしてた」

まだ緊張が取れないのか、顔には赤みが差していた。

「大げさだな。エキシビションでヘッドギアもつけているのに」

思わず苦笑いしてしまったが、観に来てくれた友達も母とまったく同じことを言っていた。自分では効いたパンチをもらっていないと思ったけれど、観ている人には効いたとか効かないとか関係ない、知っている人がリングで闘うというだけで心配なんだろう。ありがたいなと思った。

そして、親が心配する姿を見て、ちょっと申し訳ない気持ちにもなった。

◆プロデビューが決まる

プロテストの話も、エキシビションの話も突然のことだった。同じように、デビュー戦の話をもらったのも、私にとっては突然の出来事だった。

エキシビションから6日後、ジムにいた私に会長が言った。

「恵子、デビュー戦やるか?」

私はすぐに返事ができなかった。

またエキシビションのときみたいに、お客さんを見て気持ち悪くなるくらいの緊張を味わうのか。それに早すぎない!?

「うーん」

と言ったままグズグズしていたら、横にいた舟木マネージャーが、会長にお礼を言いなさいと言った。

「……ありがとうございます」

承諾してしまった。会長は気合満々で、

「ようし！」

と言った。

私がボクシングを始めてから10年が経つ。その間、私と同じ聴覚障害者でプロボクサーを目指している人が国内で二人いることをテレビで知った。

二人とも男性だから、女性となると私ひとりだけなのだろう。しかも、その二人の場合、一人はプロテストには合格したけれど、安全面から公式試合への出場が許されなかったらしい。もう一人は当時たしか十代で、プロになったかどうかはわからない。プロになれない悔しさを私も味わっていたから、テレビを見て共感したのをよく覚えている。

でも、私は公式試合を許された。なぜだろう。会長にもマネージャーにも詳しいことは何も聞いていない。きっと私をリングに立たせるために、ジムの人たちがコミッションに働きかけてくれたんだろう。相当面倒で大変だったに違いない。

考えれば考えるほど、断れない、断ってはいけないという思いが強くなっていった。やるしかない。やってやる。気持ちを奮い立たせるようにして、プロデビュー戦に向けての練習を開始した。

舟木マネージャーと小林トレーナーは、プロボクサーの私がやるべきこととして3つのことを教えてくれた。

・毎朝走ること
・食事に気をつける。特に白いご飯をたくさん食べること
・毎日同じ時間にジムに来て練習すること

毎朝走らなければならない、毎日ジムに行かなければならないと聞いて気が遠くなった。プロボクサーにとっては当たり前のことかもしれないけど、その頃の私はまだまだ自覚が足りなかったのだ。

最初はさすがに毎朝走ることができず、できて週2回程度。連日寝坊だった。疲れが重なってジムを休んだときは、会長や舟木さん、小林さんにこっぴどく叱られてしまった。それをきっかけに、渋々毎日ジムに行くようになった。

同じジムに毎日通うことは、ずっといくつかのジムに平行して通っていた私にとっては

辛い作業だ。最初は、昼間の仕事中に居眠りしてしまうほど体力の消耗が激しかった。でも、眠気はしだいになくなっていった。生活のリズムがきちんとできたことで、むしろ仕事もはかどるようになった。

朝走ることも、初めのうちは眠い、足が重い、胃が痛いなど辛いことばかりだったけれど、逆にそれが気持ちいいと感じるようになった。週2回だった早朝の走り込みも、週4回は朝6時に起きて走れるようになった。少しずつやっていけば、毎日走れるかもしれないと思うようにもなった。慣れるって、本当にすごい。

私は、誰かが背中を押してくれないと自分から動かない。言われるまでは何すればよいのかわからず、立ち止まってしまう。最初にひどく叱られたときはショックで落ち込んだけれど、毎朝少しずつ走れるようになっていくうちに、本気で叱ってくれたことをありがたいと思えるようになった。

◆一瞬の油断で右肩を負傷

デビュー戦に向けて、出稽古に行く回数も一気に増えた。

スパーリングの相手をしてもらった中には、世界王者の小関桃選手や富樫直美選手もいる。世界チャンピオンと手合わせしてもらえるのは、本当に貴重な経験だった。出稽古に行くだけではなく、真闘ジムまでわざわざスパーリングに来てくれた人もいた。

練習環境を変え、スパーリングもこなし、だんだんと自信がついてきたある日、不測の事態が起きてしまった。

都内のジムに出稽古に行ったときのことだ。ジムに入ると、ひとりの女性がエアロバイクを漕いでいる姿に目が行った。どこかで見たような気がするが、はっきり誰とはわからない。その女性が、この日のスパーリングの相手だと伝えられた。

女性の両膝はテーピングでグルグル巻きにされていた。怪我をしているのだろうか。調子も悪そうだし大丈夫だろうか。相手とはいえ心配した。

ところが、スパーリングが始まるとその人はガンガン攻めてくる。ふいをつかれた感じで、ついつい油断してしまった。すると一瞬、右肩の関節がガクンと外れたように感じた。その直後、にぶい痛みが走った。あまりの痛さに力が入らない。それでも、貴重なスパーリングの機会を無駄にしたくないと、私は闘い続けた。

相手に体重を預けるようにしても、相手の押す力のほうが圧倒的に強い。こっちも負けまいと押し返す。ボクシングというより、押し相撲のようになってしまった。

スパーリングが終わったあと、私の口にはアザができていた。スパーリングでアザができたのは、たぶんそれが初めてだった。コンビニで氷を買って、口と肩を冷やしながら帰りの電車に乗った。

「あの人、どこかで見たなあ。もしかして……」

思い当たることがあって、家に着くとすぐに数年前の格闘技雑誌を引っ張り出した。

「やっぱり！」

その人は、キックボクシングでも活躍する女子格闘技界のトップファイターだった。どうりで、他のボクサーとは違う独特のスタイルだったわけだ。

右肩は、その後もズキズキと痛み続けた。病院に行くと、脱臼《だっきゅう》にこそならなかったものの、肩に水が溜まっていて２週間安静にしなければならないという。

デビュー戦まではあと１カ月しかない。とにかく早く回復させなければ。患部は絶対に動かさないようにした。練習やキックの試合での怪我はしょっちゅうだし、バイクで転んで右ひざの肉がパックリ割れてしまったこともある。怪我は慣れっこなので激しく焦ることはなかった。それでも大切なデビュー戦に備えて、動かないよう右肩をロープで縛り、左だけで練習を続けた。

◆意外な人からの電話

肩の痛みがようやく落ち着いてきた頃、意外な人から家に電話がかかってきた。試合は

10日後に迫っていた。

電話の主は、私が以前通っていた筑波大学附属ろう学校歯科技工科の元主任、三好博文先生だった。電話に出た母によれば、先生が私の取材をNHKに頼んでくれたのだという。

そういえば、プロになったことを私は先生に伝えていなかった。在学中からボクシングをやっていたことさえ知らなかったようで、電話口でとても驚いていたそうだ。

先生が知らないのも無理はない。学生時代の私は、遅刻や無断欠席は当たり前の問題児。三好先生からはたびたびお説教されていた。それが嫌で、私のほうから先生を避けていたし、話らしい話もしなかったのだ。三好先生がプロデビューのことを知ったのも、私の同級生が先生に連絡したからだった。

後日、NHKの方から収録決定の連絡をもらった。

もしテレビで放送されることがなかったら、私はたぶん、聴覚障害のことを隠してリングに上がっただろう。耳が悪いのにプロとしてボクシングをやっていることを知られたら、どこかから批判の声があがるかもしれない。そうなったら、せっかく手に入れたプロライセンスを剥奪《はくだつ》されてしまうことだってありうる。公式試合を許された経緯がわからなかっただけに、試合直前になっても不安だったのだ。

でも、取材を受けることが決まってしまった。不安な半面、テレビに出るのは嬉しいことだったので、私は「まぁいいや」と思った。バレたらバレたでしょうがない。それに隠すことでもない。そう開き直った。

開き直れたのは暑さのせいもある。

この年の夏はとんでもない猛暑で、練習中は目が回るほどだった。たまらず水を飲むと、舟木マネージャーから決まって、

「たくさん飲んじゃ駄目だ！」

と注意を受けた。ただ、放っておいてもどんどん汗が流れるので、お腹いっぱい食べても飲んでも、勝手に体重は減っていった。いつも減量に苦しむ私にとって、猛暑でよかったことは唯一、このことだけだった。

◆初めての計量

7月26日、プロボクサーとして初めての計量日。お昼にジムで会長、小林トレーナーと待ち合わせ、タクシーで後楽園ホールに向かった。

プロデビュー戦はバンタム級4回戦で闘うことになっている。バンタム級のリミットは53・52㎏で、有利に闘うためにはこの数字ギリギリに体重を調整したほうがいい。でも、猛暑のせいか今回は落としすぎてしまった。朝起きてすぐ家の体重計で測ったら、52㎏と

1kg以上軽い。おかげで朝ご飯をしっかり食べることができた。

計量会場の空気はピリピリしていたが、エキシビションのときに見学させてもらったおかげで雰囲気には慣れていた。

計量、コミッションドクターによる打診、血圧測定。すべてをクリアした。

計量のとき、翌日の対戦相手であるKSジムの村瀬生恵さんと初めて対面した。私よりかなり背が高く、ニコニコしていて気さくな感じだった。ちょっと余裕がありそうにも見えた。

その表情を見て、逆に私のほうがホッとした。アマチュアキックや新空手の大会でも、私を見た対戦相手のほとんどが同じような顔をしていたからだ。

私は小さくて弱そうに見えるから、きっと安心するのだろう。でも試合が始まると、相手の顔つきがどんどん変わっていく。それが私にとっては面白い。それに、相手を油断させればさせるほど、こちらは闘いやすくなる。

計量を無事終えて、舟木マネージャーも加わり4人で後楽園ホールの側にあるファミレスで食事をした。何でも食べていいよと言われたが、まだ夕方の4時、お腹は空いていなかった。緊張もしているから、好物の甘い物も珍しく食べる気がしなかった。

食事をしながら、会長は明日の闘いについて、ずっと話し続けていた。

「力を抜くんだ、恵子」「いいか恵子、落ちつけよ」「恵子、ボディも行けよ」

何度も同じことを繰り返した。

私は、会長が言うことは絶対正しいと信じている。会長は40年以上もボクシングの指導を続けていて、たくさんの日本チャンピオンを育て上げた人だ。目がほとんど見えなくなっても、培ってきた鋭い勘がある。それ以上に、厳しくて温かい会長の人柄は、私に「この人を信じてついて行こう」と思わせてくれる。

明日は絶対に勝ちたい。熱心に話しかけてくれる会長を見ながら、心の中でそう思った。

第2部 Part Two

家族と。左から母、妹、甥、著者、父（2011年3月撮影）

聴覚障害との闘い

第3章 生まれつき聴覚障害が…

◆3歳を過ぎて精密検査

私の左耳はほぼ聞こえず、右耳も補聴器をつけてわずかに音を感じる程度だが、小さい頃は今よりもう少し右耳が聞こえていた。

でも、わずかに聞こえていたことがかえって両親や祖母を混乱させ、落胆させてしまったかもしれない。自分のせいではないけれど、ちょっと複雑な思いだ。

私は、1979年9月16日の午前1時過ぎ、埼玉県大井町、今のふじみ野市にある母の実家近くの産院で生まれた。

今でも母に心配をかけっぱなしだけれど、私はどうやら生まれる前から問題児だったらしい。

出産予定日1カ月前の健診で、医者から「明日にも生まれそう」と言われた母は、早産を防ぐためか注射を打たれたそうだ。

出産にかかった時間は2時間ぐらいと、初産にしてはかなり短いほうだったが、もともとの生理不順や医者の見立て違いで、生まれたときの私は４０５０ｇもあった。いわゆる過熟児で、母によれば出産は「地獄のような苦しみ」だったという。

「恵子」という名前は父が決めた。

つい最近、名前の由来を父に聞いてみると、

「竹下景子がクイズ番組によく出ていて、美人で頭もいいしお父さんはファンだった。松坂慶子とか、字は違うけど有名人には『けいこ』という名前が多かったから、一番好きな『恵子』という字にしたんだよ」

とのことだった。

「『恵』には『心』という字が入ってるでしょう。だから私も気に入ったんだよ」

と母も言っていた。

当時、父がＪＲＡ（日本中央競馬会）の美浦トレーニングセンターで厩務員《きゅう》をしていた

関係で、両親は茨城県の美浦村（当時）に住んでいた。出産後1カ月して、母は私を連れて美浦に戻った。

母に聞いた私の赤ちゃん時代はこんな風だった。

1歳のときの私は言葉らしい言葉をしゃべらず、テレビにもあまり関心を持たないようだった。他の子はもうおしゃべりを始めている。少し不安になった母は、1歳半の健診で「まだ言葉が出ない」と医者に相談した。一度詳しく診てもらったほうがいいと言われたが、母は私の言葉が出るのを待つことにした。祖母から、

「あなたも言葉が遅かった。しゃべったのは3歳ぐらいだったよ」

と言われ、そのうちに言葉が出てくるだろうと信じていたのだった。

私が2歳になったとき、父の仕事が変わったため、私たちは埼玉県川越市に引っ越した。

2歳の私は母が名前を呼ぶと「はい！」と返事をしたが、それ以外の言葉をしゃべることはなかった。2歳半健診に行くと、早く専門科で精密検査を受けるようにと促された。それでも「3歳になって話す子もいる、自分もそうだった」と病院に行くことはなかった。

母が精密検査を受けさせる決心をしたのは、タイムリミットと決めていた3歳を過ぎても状況がまるで変わらなかったからだった。

検査を終えると、母は医者にこう告げられた。

「左耳はまったく聞こえていません。右耳が聞こえていれば問題はないが、右耳もあまり聞こえていないようです」

いくら気が強い母とはいえ、これには相当ショックを受けたようだ。

さらに詳しく調べたほうがいいと医者に勧められ、帝京大学医学部付属病院で改めて検査をしたが、結果は同じだった。

「右耳もかなり悪くなっています。補聴器をつけて訓練したほうがいい」

聴覚障害にはいろいろ程度がある。dB（デシベル）という音の大きさの単位でどれくらい聞こえるかを測り、その聴力レベルで区分けされている。

普通の音量の会話が聞き取りづらい30〜40dBは軽度難聴、50〜60dBは中度難聴。それ以上になると大きな声での会話が聞き取りづらかったり聞こえなくなり、両耳が70dB以上だと聴覚障害者に認定される。

当時の私は右耳が60dBで中度難聴。左耳は100dB以上で、音を聞き取ることはほぼできなかった。

◆母が最初にやったこと

診断を受け、帝京病院での言語訓練が始まった。

帝京病院の先生は母にいろいろなアドバイスをしてくれたが、その中にこんな内容があったそうだ。

「以前は子供の聴覚障害を苦に親子心中をした人もいたが、聴覚障害は訓練しだいで克服できる。しかし、人間の最大の特権は言葉を持って、コミュニケーションが取れること。それが困難ということは、本当は一番重い障害なのかもしれない」

また、3年間訓練をしてくれた別の先生にも、訓練初日にこう言われたという。

「難聴の子に言葉を教えるということは、腕を切り落として、その手で字を書けと言っているのと同じくらい大変なことなんだ」

言語訓練では週に2回、個人訓練とグループ訓練を行なった。

個人訓練では基本的な発音の練習や、絵本を読み聞かせ、私にも発音させる練習、グループ訓練ではおしゃべりや音楽に合わせて体を動かすリズム遊びや、絵日記を書いてみんなの前で発表する絵日記発表をやった。

家の中で母が最初にしたことは、家中の家具にひらがなで書いた名前のカードを貼ること。物には名前があるということを私に教えるためだった。病院で教わった言語訓練の方法は、家に帰って必ず何度も復習した。

病院の方針か、先生からは地元の保育園か幼稚園に入園することを勧められた。そこで、母は私を2年保育で普通幼稚園に入園させた。幼稚園から入園の許可をもらったとき、母はとても嬉しかったそうだ。

私の記憶はこの幼稚園時代あたりから始まっている。そして、耳が聞こえないということを気にし始めたのも、この頃からだった。

幼稚園では私ひとりだけが補聴器をつけていた。当時つけていたのは耳から胸のあたりにある機械までコードがつながっているイヤホン式で、とても目立った。私はそれが嫌だった。

毎日発音の練習をさせられたが、他の子と発音が違っていることは自分でもわかった。みんなと同じように歌えない。楽器を奏でることもできない。他の子に追いつけないのがとても悲しかった。そんな記憶がある。

幼稚園時代の自分の写真を見ると、そういえば笑顔が少ない気がする。

◆妹も聴覚障害

幼稚園に入園した年の11月25日、私に妹ができた。

母が出産のために病院に行っているあいだ、私は母の実家に預けられていた。母の話によると、こんなことがあったそうだ。妹を病院から連れて帰る前日、母が実家に電話すると、祖母は困ったようにこう言ったという。

「明日、赤ちゃんに着せようと思って産着《うぶぎ》を買ってたんだけど、探しても見当たらないの。恵子がどこかに隠しちゃったみたい」

自分では全然覚えていないけれど、私はものすごいヤキモチ焼きだったらしい。

4つ下の妹は「聖子」と名づけられた。

「聖」には「耳」と「口」の字が入っている。「恵子の耳と口の代わりになってほしい」という願いを込め、両親がつけた名前だった。

聖子も聞こえが悪いとわかったのは、生後4カ月のときだった。

天井から吊るしたおもちゃのメリーゴーラウンドを見る聖子の反応が、他の子供とは違っていたからだった。普通なら、オルゴールの音ですぐにメリーゴーラウンドのほうに顔を向けるが、聖子は3～4秒ぐらい経って、回っているおもちゃが視界に入ったときに、初めてゆっくりと振り向いた。明らかに音で反応しているのではないのだった。

8カ月目に検査を受け、聖子の聴覚障害がはっきりした。

当時は衝撃を受けたかもしれないが、母は今、私たち姉妹にこう言ってくれる。

「負け惜しみではないけど、姉妹二人だけなので、一人が聞こえてもう一人が聞こえないということでなくてよかったと思ってるよ」

当時、私より聞こえが悪かった妹は、３歳からろう学校の幼稚部に通うことになった。それ以来、高校卒業までずっとろう学校に通っていた。

最近になって、母は私に言った。

「その頃は幼稚園に一緒に通ったり、聖子につきっきりだったんだよね。これはあとで思い知らされたことだけど、恵子にはきっと寂しい思いをさせていたんだよね」

それから、こんなことも。

「３年間の言語訓練は、私も感情に走ってしまうことが多かった。恵子が大人になってみて、つくづく後悔したよ。こんなに言葉が覚えられるなら、もっと余裕を持って愛情豊かに接してあげればよかったなって」

◆教師への母の手紙

１９８６年４月、川越市立川越第一小学校に入学した。

小学校に通い始めて間もなく、母は担任の先生宛に一通の手紙を書いた。なかなか友達ができない私を見かねて、クラスメートに私の耳のことを伝えてほしいとお願いしてくれたのだった。

ある日、先生がクラスで私の耳のことを説明した。その場ではすごく恥ずかしかったけれど、休み時間になると、私のところへ女の子たちが集まってきた。うまく会話できるか不安に思いながらも、ちょっと嬉しかった。

小学校入学と同時に、「ことばきこえの教室」にも通うことになった。名前の通り、ことば（発音、吃音《きつおん》）ときこえ（難聴）に障害がある子供たちのための指導教室だ。

この教室での勉強は国語が中心だった。マンツーマンで先生がつき、教科書などの本読みや発音の訓練を受ける。クラスや家庭での出来事を話すのも訓練のひとつだった。おかしい発音があるとそのつど先生が指摘してくれて、何度も声に出して練習した。

ことばきこえの教室がある川越小学校と、私が通っていた川越第一小学校とは道路を隔てて隣接している。週2回、国語や算数の時間になると私は教室を出て、100メートルほど先にある川越小学校に移動した。小学4年生で第一小から川越小に転校するまで、ふたつの学校の往復が続いた。

小学校時代の先生たちは私を特別扱いすることもなく、特に気にかける様子もなかった。先生やクラスメートの会話は、私にはほとんどわからない。かといって「ここがわからない」とか「これが嫌だ」とか積極的に主張することもなく、ただ黙っている子だった。だから先生も問題なしと判断したのかもしれない。それに、先生は毎日40人の生徒を相手にしているのだ。私ひとりにかかりきりになるわけにもいかないのだろう。

ただ、こんなこともあった。

算数の時間、ある先生が机の上にソロバンを置くように指示した。まわりの人が出し始めたので、真似して私もソロバンを取り出した。先生は何か説明していたが、私は聞こえないので下を向いていた。

すると突然、目玉が飛び出すほど強い衝撃を受けた。目の前に立つ先生は、長くて厚い、木製の大きな定規《じょうぎ》を手にしている。その定規で私の頭を叩いたのだった。そして、

「手を机の上に置くな！」

と怒鳴《どな》った。

私にはそんな注意は聞こえなかった。しかたがないだろうと思ったが、その先生は理解してくれなかった。言い返せず、そのまま泣いていたのを覚えている。

同じ頃、私は初めて「因果応報《いんがおうほう》」という言葉を知った。

「可哀想にねえ。前世の報いでそうなったんだ」

たしかそんな風に言われたのだ。どんな状況で、誰に聞いたのか、今となってはわからない。たぶん誰かが、幼い私が聴覚障害者であることに同情して言った言葉だと思う。

当時は言葉の意味がじゅうぶんには理解できなかったから、「そうなんだ」と素直に聞いた。でも、それ以来ずっと頭からこの言葉は離れなかった。

◆いじめが始まった

4年生になって、それまで通っていた川越第一小学校から隣りの川越小学校に転校した。新築の一軒家を購入し、隣り町に引っ越したからだった。転校先には「ことばきこえの教室」があるので、教室の移動がとても楽になった。

友達もできた。クラスメートの女の子だ。

私の耳のことを知ると、その女の子はゆっくり話してくれた。お互いの家にもよく遊びに行った。たいていはゲームをして遊んだから、言葉はあまり必要なかった。

友達ができた嬉しさと同時に、嫌なこともあった。いじめが始まったのだ。

私が友達になった女の子は、クラスの男子からいじめを受けていた。一緒にいる私も当然のようにいじめられるようになった。

私が聞こえないということも、いじめの原因のひとつだったと思う。

誰かが声をかけてきても、その人の顔が視界に入らない限りは気づかない。相手は私が無視していると思い込んでしまう。また、何を言っているのか読み取ろうと、じっと相手の顔を見ていると、睨《にら》んでいると勘違いされることもある。そういう誤解から印象を悪くしてしまったり、変な恨みを買ってしまうことは聴覚障害者にはよくあることだ。

子供は反応がストレートで容赦《ようしゃ》ない。廊下や校庭を歩いていると「近寄るな」と逃げられた。まるでばい菌扱いだった。

耳のことだけではなく、私は髪の毛のことでもよくいじめられた。

私の髪は生まれつきの天然パーマで、伸ばしっぱなしだとアフロヘアのようにクルクルになってしまう。髪の毛のことでは同級生だけではなく上級生にもからかわれた。

私は何をされても言い返せなくて弱かったから、いじめっ子の格好の餌食だった。家に帰ると泣いてばかりだった。

その辛い思いをひととき忘れられたのが、絵を描くことだった。

絵を描くようになったのは小学2年生のとき、両親が小さい絵画教室に通わせてくれたのがきっかけだった。学校では、休み時間にいつもひとりでノートに漫画を描いていた。

両親は、私がその頃いじめを受けていたことをあまり知らない。でも、きっと心配だったに違いない。昔を振り返って、父がこんなことを言ったことがある。

「小学校に恵《けい》さんを迎えに行ったとき、近くいた女の子が恵さんをあざ笑っているように見えたことがあった。女の子が集まってコソコソと何かを話していた。いじめられているのかなあと遠くから思ったよ。辛いんじゃないかなあと」

両親には、いじめのことは言えなかった。悲しませたくなかった。

第4章 不登校となった中学時代

◆不安を抱え中学校へ

いじめっ子の上級生が卒業したこともあって、小学校最後の1年間はまあまあ楽しく過ごすことができた。でも、不安なこともあった。勉強にだんだん追いつけなくなってきたのだ。それにはやっぱり言葉の問題がある。

我が家は父と母が健常者で、私と妹が聴覚障害者だ。家の中では手話とキュードスピーチをごちゃ混ぜにした方法で会話している。

手話は、テレビ画面の隅に出てくるから知っている人がほとんどだろう。キュードスピーチというのは、口を開けて普通に話す口話《こうわ》と簡単な手の動きで日本語の音を表現する方法だ。妹が通っていたろう学校でキュードを取り入れていたことから、うちでも使うようになった。

手話は両手を使うし、感情を表さないと相手に伝わりにくいけど、口を閉じていてもできる。キュードは片手でできて比較的簡単に覚えられるけれど、日本語をきちんと口で言わないと伝わりにくい。それぞれ長所と短所があるので、家族の中では混ぜて使っている。

でも、学校では手話もキュードも、もちろん通じない。先生が言っていることを理解するには口の形を読み取るしかない。ゆっくり、はっきり口を開けてくれたらわかるけれど、普通のスピードだと何を説明しているのかさっぱりわからない。黒板に先生が書いたことと、たまに配られるプリントだけが頼りだが、それだけではやっぱり限界がある。

いい成績を取ろうなんて思わなかったけれど、落ちこぼれて授業から脱落してしまうことだけは避けたかった。でも、中学で果たして授業についていけるか。それに、またいじめられてしまうのではないか。

川越市立初雁《はつかり》中学校に入学したときも、新生活への期待より不安のほうが大きかった。

中学では生徒の半分が他の小学校から来ていたので、初めて見る顔が多かった。

「私と話すのはきっと面倒くさいだろうな。私と話をしているのを周りの子に見られるのは嫌なんじゃないかな」

ついついそう思ってしまい、なかなか話しかけられない。教室ではひとりでいる時間が続いた。とりあえず勉強だけは頑張ろうと、授業中は先生の口元を必死に見ていた。

◆1日でやめたソフトボール部

初雁中学校では、生徒全員が原則として部活動をしなければならない。考えた末、私はソフトボール部へ入ることを決めた。ユニフォームに憧れて、あれを着てみたいと思ったからだった。

ソフトボール部は入部希望者が多く、選抜試験があった。50m走やボール投げなどの体力テストで上位に入った人が入部できる。これにはちょっと自信があった。私は小さい時から足が速くて、肩と腰の強さも人並み以上だったからだ。予想通り、私はテストに合格した。

だがソフトボール部の活動は、なんとたった1日で終わってしまった。

部活動初日のことだ。

部員全員でランニングをするときは、一人ずつ順番にかけ声を出すという決まりがあった。一人が「ファイトォ」と言ったあと、全員で「オー」と言い、それを繰り返す。

私には、それができなかった。いつ自分の順番が回ってくるのかわからなかった。グラウンド練習のときも同じだった。遠くから指示を出されても口の動きが見えず、何をしたらいいのか全然わからない。

気の強い子なら、

「私は耳が聞こえません。ジェスチャーとか、わかる方法で指示を出して下さい」

と監督に直訴するだろう。でも、私にはできなかった。あたふたしてばかりだった。本当は足も速いしスポーツが得意なのに。そう思うと余計に自分が情けなく、かっこ悪く見えることが悔しかった。

部活を終えて家に帰った私は、泣きながら母に言った。

「ソフトボール部、やめたい」

母は黙ってクラスの担任に電話をしてくれた。

それから間を置かず、私は美術部へ入部することになった。「絵が得意だから美術部に変えたらどうか」という母や担任の勧めに従ったのだった。

美術部に入って、私はやっと中学生活の楽しさを知った。

美術部には私と同じように絵を描くことや漫画を読むことが好きな仲間が集まっている。仲間と漫画を一緒に描いたり、自分で描いた漫画を交換して読みあったりした。

描く漫画は本当にくだらないストーリーで、今思い出すと恥ずかしくて真っ赤になってしまう。どの漫画も、自分が主人公になったつもりで描いていた。そして、思い出すと、どの漫画もなぜか喧嘩《けんか》のシーンばかりだった。ストレスをそこで発散していたのだろうか。とにかく、漫画の中の私は思いきり暴れ回り、思いきりタンカを切った。実際に私ができないことも、漫画では自由に想像することができた。それが楽しかったし、ハマった理由かもしれない。

他の部活の子には、立派な漫画オタクに見えただろう。でも、仲間もいたから全然気にならなかった。家に帰っても夢中で絵を描いて、気づいたら朝になっていたこともある。コンクールに出展した作品が入選することも何度かあった。川越市防災コンクールでは特選を取り、私の絵がポスターになったときは本当に嬉しかった。

中学校を卒業したら美術関係の学校に進学したいと考えるようにもなった。将来は漫画家かイラストレーターになりたい。それは、私にとって初めての夢らしい夢だった。夢をかなえるためにも、必要最低限の成績は残さなければならない。勉強にも今まで以上に身を入れるようになった。

◆万引き事件で警察に

私は引っ込み思案で、自分から積極的に動くタイプではない。中学時代は、今よりももっと人に左右され、流されていた気がする。友達が少ないから、仲良くしてくれた人の誘いは断れない。というか、自分から必死に溶け込もうと頑張ってしまう。そして、気がついたら取り返しがつかないことになっている。

中学2年の秋だったか、冬だったか。寒くなってきた時期の出来事もそうだった。

友達と三人で、私は川越市内のデパートに遊びに行った。

雑貨屋に入ると、友達のひとりが並んでいた商品を手に取り、広げた手提げバッグに入れていった。全然迷っている様子がない。

友達が内緒《ないしょ》話をするように、私に話しかけてきた。

「恵子も入れるか?」

と口が動いている。

私は、買おうとしていたキャラクターのキーホルダーを手に持っていた。友達に言われるまま、それを袋に入れた。

その行動が万引きだったことを、あとになって知ったのだった。

友達二人は、たぶんお店に入る前から万引きの計画を立てていたのだろう。でも、その会話が私には読み取れなかった。

私たち三人は私服警官に補導され、そのうちに警官が来て交番へ移動した。

私たちを担当した警官は、机の脚を蹴飛ばしたりテーブルを叩いたりする乱暴で怖い人だった。交番に座らされるのも初めてだったし、まして警官に取調べを受けるなんて考えてもみなかった。警官から説教を受けている間、私はずっとおびえていた。

取調べが終わったあと、親を呼ぶことになった。友達は親が迎えに来たが、私の母はたまたま実家に帰っていて連絡がつかなかった。

交番から解放され、とりあえず友達の家で待機していると、しばらくして母が帰宅したという連絡が入った。友達の母親に車で自宅に送ってもらった。

家の前で待っていた母は血相《けっそう》を変え、鬼のような顔をしていた。

穏やかでおとなしい父に比べて、母は気が強くて短気だ。友達の母親が帰ったあと、いきなり母の平手と拳《こぶし》が飛んできた。部屋中、物が散乱するほど殴り、蹴飛ばされた。

その時期、父がやっていた不動産業がうまく行かず、家の中では両親の喧嘩が耐えなかった。母はいつもイライラしていた。母は私が小学5年の頃から、臨時採用で特別支援学校の教員として働いていた。きっと疲れていただろうしストレスも溜まっていたのだろう。

そのあと部屋に閉じこもり這いつくばった私は、

「もうダメだ……。人間としてダメだ」

と心の中でつぶやいた。すべてが終わりになったかのような、いきなり人生がまっさかさまに落ちていくような感じがした。

◆授業を放棄することも……

その一件以来、学校に行っても以前のような元気が出なくなった。

授業中はいつも集中して先生の唇を読んで話を聞いていたのに、それもできなくなってしまった。

きっと、私は死んだような顔をしていたのだろう。それに気づいた担任の先生が「どうしたの？」と声をかけてくれたが、何も答えずうつむいていた。

「私は駄目なやつだ。勉強とか、他の人に追いつこうと頑張ってきたけど……。なんだかもう疲れた」

今思うと、それまではいろいろなことを我慢して、気を遣《つか》いながらなんとか学校生活を送っていたのだろう。それが、一度の失敗で一気に噴き出してきたのかもしれない。自分ではどん底まで落ちたような気になって、そこから這い上がるのは永遠にできないような気がしてきた。勉強が普通にできる子や、楽しそうにおしゃべりしている子たちが、みんなはるか上のほうにいるように感じられたのだった。

憂鬱《ゆううつ》なときは授業を放棄し、屋上に続く階段で居眠りすることも多くなった。

私を探しに来た先生は、心配そうに話しかけてくる。でも、口話なのでさっぱり話の内容がわからない。正確には自分がわかろうとしなかっただけだけれど。人の顔を見ることもできなくなってしまったから、コミュニケーションそのものが不可能だった。私はただ黙っていた。

3年生になると、まわりの子はみんな受験勉強に熱心になっていたが、私は無気力だった。勉強する気もまったくなかった。希望していた美術科のある高校は諦《あきら》めた。漫画家やイラストレーターの夢も、自分の中ではそこで終わった。

妹の聖子は、幼い時からろう学校に通っている。ろう学校には手話があるから、コミュニケーションに困っている様子はない。学校生活をとても楽しんでいるようで、それがうらやましくてしかたなかった。

「ろう学校に行きたい」

母と担任に伝えたけれど、卒業するまで頑張りなさいと強く反対された。

どんなに説得されても、私の中でろう学校に行きたいという思いは揺るがなかった。もう、コミュニケーションの取れない世界にはいたくなかったのだ。

ろう学校なら受験勉強も必要ないはずだと、遊んでばかりだった。学校に行かないでゲームセンターによく溜《た》まっていた。

クラスメートからは当然、反感を買う。冷たい視線を感じるようになり、

「サボり魔！」

と陰口を叩かれているような気がしてしょうがなかった。そして、とうとう教室にまったく行けなくなってしまった。クラスでのある出来事が引き金だった。

◆消しゴムの一件

数学の授業中、最前列に座っていた私は、肩や髪の毛に何かが当たる気配を感じた。机に広げたノートを見ると、ひとつ、またひとつと小さくちぎった消しゴムが落ちてくる。後ろから誰かが私に向けてぶつけているのだった。

我慢できなくなった私は、立ち上がりざまに机を倒し、振り返って叫んだ。

「誰だ！」

教室中が静まり返った。驚いているような表情ばかりだった。みんな初めて見るような目で、私を見ていた。

数学の担当はクラス担任の高橋かおり先生だった。先生は「どうしたの？」と心配そうに私に尋ねた。何も答えず、私は机を直して座った。震えが止まらなかった。

クラス全員に向けて、先生が何かを言った。「やった人出てきなさい」と言ったらしい。消しゴムを投げた子が名乗り出て謝った。ただ、消しゴムは私へ向けて投げたのではなく、他の男の子へふざけて投げたものだと弁明した。数学の授業は続いた。私は震えたまま、ずっと下を向いて座っていた。

その直後か、しばらく経ってからだったか、記憶は定かではないが、高橋先生からもう一度説明を受けた。

「消しゴムを投げた子が言ってたでしょ。小笠原さんにぶつけたんじゃないんだって」

単なる誤解だというのだが、それにしては私のノートに落ちた消しゴムの量は多かったし、当時の私は納得できなかったのだろう。その出来事があってから、私はこのクラスと一切関わりたくないと思うようになった。誰のことも信用できなくなってしまったのだ。授業を抜け出して、鞄《かばん》を教室に置いたまま家に帰ったこともあった。

消しゴムの一件からどのくらい経った頃だろう。ある日、教壇の上に置いてあったクラス名簿を何げなく見てみると、私の名前のところに、こすったような傷がついていた。私にムカついている人がいる。こんなヤツいらないと思っている人がいる。そう考えたら、もう教室にはいられなくなった。その後、私はクラスに一切顔を出さなくなった。

私の唯一の避難場所は、学校内にある言語学級だった。

小学校時代の「ことばきこえの教室」と同様、中学でも週に1～2回、私は言語学級に通い、ふだんの授業でわからないところを補習したり、口語の読み取りの練習をしていたのだった。

◆言語学級にこもる日々

言語学級を担当していたのは和田幸子先生だった。

私は、2年の途中から赴任してきた和田先生が最初は気に食わなかった。以前担当してくれていた男の先生とはうまく行っていたし、あれこれと世話を焼いてくれる和田先生がちょっと疎《うと》ましかった。

和田先生への印象が変わってきたのは3年生になった頃だろうか。

先生は聴覚障害者だけではなく、知的障害者の教室でも教えていた。知的障害の生徒が言語学級に遊びに来ることもあったし、私が知的障害のクラスに行って一緒に陶芸をやらせてもらったりすることもあった。先生が生徒と接しているのを見ているうちに、先生の優しさや障害者に対する思いやりが伝わってきて、自然と尊敬できるようになっていったのだった。

私はクラスの授業に一切出なくなり、完全に不登校になった。困った母は言語学級の和田先生に相談した。

和田先生は私を責めることなく、「毎日この部屋に来ていいよ」と言ってくれた。その言葉に甘えて、私は日中のほとんどを7～8畳ほどの小さな教室で過ごし、本を読んだり和田先生と話をしたりした。「保健室登校」というのが増えているけれど、私の場合は「言語学級登校」だった。

クラスメートの女子二人が、しょっちゅう言語学級に顔を出してくれ「戻っておいでよ」「みんな待ってるよ」と言ってくれた。でも、私は戻れなかった。仲がよかった二人の誘いを聞いてあげられないことが辛かった。

高橋先生も言語学級に顔を出し、

「教室に戻っておいで」

と誘ってくれた。それでも、私は無視し続けた。

中には、説得しているうちに泣き出す先生もいた。でも、その頃の私にとっては逆効果だった。

「熱血教師のつもりか。こっちは聞こえないから何を言っているのかわからないのに」

そう思っただけだった。

その頃、テレビや新聞ではいじめられて自殺する子のニュースが頻繁《ひんぱん》に取り上げられて

いて、社会問題のようになっていた。私のことを気にしてくれたのだろう。クラスの女子全員が言語学級まで来て
「男子も待ってるから一緒にレクリエーションをやろう」

と誘いに来てくれたこともあった。

高校入試が終わって、あとは卒業式を待つだけという頃だったと思う。体育館での球技大会は中学最後のレクリエーション行事だった。私は嫌々ながら参加し、ほとんどの時間を体育館の隅っこでひとりで座って過ごした。クラスメートに話しかけられても「うん」とか「ああ」としか答えられなかった。

クラスメートがせっかく作ってくれたチャンスだったのに、頑固《がんこ》な私の気持ちは変わらなかった。教室には戻らず、卒業式も出ないと決めていた。

私はいったい、どれだけひねくれていたのだろう。

でも、親にも友達にも先生にも、自分の悩みや不安を打ち明けられなかった。自分から心を開いたら、理解してくれる人はきっといるはずだ。今ならそう思うことができる。でも、当時の私は人に心を開けなかった。特に親には苦労をかけっぱなしだから、本当の気持ちを打ち明けて悲しませたくはなかった。

そうして不満だけをどんどん心に溜め込んでいった。考えたら、私の心は爆発寸前だっ

たのだ。

◆校長室でもらった卒業証書

言語学級に通っていたことが出席扱いとなり、私は何とか卒業できることになった。でも、他の子と一緒に卒業式に出ることは絶対に嫌だった。後ろめたい気持ちと、卒業を喜んだり寂しがったりする相手もいないのに、何を今さらという気持ちだった。

1995年3月15日、卒業式当日。

卒業証書だけでも取りに来なさいと言われ、私は父の車で学校へ行った。式が終わる時間に合わせて、わざと遅れて行った。クラスメートと顔を合わせたくなかった。

車を降りると、私はまっすぐ言語学級に向かった。和田先生から卒業証書をもらって、すぐに帰ろうと思っていたのだった。

言語学級の戸が開いた。入ってきたのは担任の先生だった。記念の日らしく着物を着ていた。

「教室にみんな集まってるよ。小笠原さんもおいで。おいでよ」

でも、私は無視し続けた。がっかりしたような顔で、先生は出て行った。

しばらくして和田先生がやって来た。そして、「卒業式をやるから」と私を教室から連れ出した。不登校の子や何らかの理由で卒業式に出たくない子のために、学校では卒業式と最後のホームルームの合い間を縫って、即席の卒業式をやることもあるそうだ。でも、当時の私はそんなことは知らなかった。

私が連れて行かれたのは校長室だった。

校長室には校長や教頭、3年を担当する教員たちが揃《そろ》っていた。

「和田先生に卒業証書をもらって、それで終わりだと思っていたのに」

何か騙《だま》されたような気持ちと恥ずかしさで、おどおどしながら卒業証書を受け取った。すると、そこにいた全員が手を叩き出した。音のしない拍手は、なんとなく空々しく感じられた。私は卒業証書を丸め、すぐに校長室を出て行った。

「この学校は最低だ。嫌いだ」

校舎の裏の駐車場で待っている父の車に乗り込んだ。すると、車の窓越しに追いかけてくる人影が見えた。言語学級の和田先生だった。

窓を下ろすと、私の目を見ながら和田先生がいつもの優しい笑顔で言った。

「さようなら！」

校舎を出て私を見送ってくれたのは、和田先生ひとりだけだった。

第5章 ろう学校と荒れた生活

◆「聞こえない」ことの不自由さ

「聞こえない」ということでの支障はたくさんある。

30年もつきあってきたから、聞こえないことはすでに私の一部になっているけれど、それでも、昔も今も大変なことには変わりない。

一番わかりやすい例で言えば、集団で会話をするときに何を話しているのか理解できない。聞こえる人たちは冗談を言って笑い出すけど、自分だけ笑わない。

英語がまったくわからない人が、海外で映画を観るのと同じような感じだろうか。爆笑シーンでみんなが腹を抱えて笑っているのに、自分だけポカンとしているような、自分まで笑われてしまっているような。「辛くない？」と訊かれたこともあるが、もう慣れっこになっているから全然気にしない。

でも、中学校まではわかったフリをして笑うことが多かった。それが辛かった。今はそういうことはしないので、「無口だね」「静かだね」とよく言われる。

コンビニやスーパーのレジで店員さんが「袋はいりますか？」「ポイントカードはございますか」「お箸《はし》をおつけしますか」と、やたらに声をかけてくるが、あれにも困ってしまう。気がつかないと無視したと勘違いされて、レジの人に不愉快そうな顔をされることが多い。以前、若い男性の店員さんに舌打ちされて、ムカついてやり返したこともある。

最近はレジの人が話しかけてきたら、すぐ「耳が悪いです」と手を横に振って身振りで伝えるようにしている。

20代前半の頃、こんなこともあった。

道を歩いていて、ふと気配に気づいて後ろを振り向いたら、自転車に乗った男性が怪訝《けげん》そうな顔をしていた。私が邪魔でベルを鳴らしていたらしい。男性は首をかしげて「何だこいつ」と言ってきた。私は腹が立って男性を睨《にら》んでしまった。すると、その男性は拳を握って喧嘩の態勢を取ってきた。大柄でちょっと不良っぽい、怖《こわ》いお兄さんだった。

一瞬、ヤバいと思った私は、とっさに、

「耳が悪くて」

と言った。その途端、男性は、

「悪かった」

と謝って去って行った。ちょっと怖い思いをしてからは、道ではつねに左端を歩くようにしているし、たまに後ろを振り返るようにしている。

そんな風に、耳が聞こえないことでの不自由さは日々痛感している。

聞こえない仲間の中には、嫌な思いをしたりされたりしても気にしないという人もいる。でも、私は気持ちにゆとりがないのか、いつも落ち込んでしまう癖がある。まったく、超のつく小心者だ。

思春期を迎えたこともあって、中学時代は特にそれがひどかった。だんだん聞こえが悪くなってきたことも、落ち込みに拍車をかけていた。

私は、『ドラえもん』の主題歌の歌詞やテンポを全てではないが覚えている。小さい頃は右耳が今より聞こえていたから、自然に耳に入ってきたのだろう。

だが、中学になると新しい曲が覚えられなくなってきた。かすかに聞こえていた音が、聞こえなくなってきた。慣れている健常者との会話でも聞き直すことや聞き間違えることが増えていった。

「ちゃんと聞いてよ」

と、はっきり言ってくる友達もいた。ちゃんと聞いている。必死で聞こうとしている。でも、聞こえないのだった。だんだんコミュニケーションに不安を抱き、人と接すること自体が苦痛になってきた。

年齢を重ねるにつれて聴力が下がる場合もあるという話を聞いたことがある。ストレスもあるかもしれないし、補聴器の使い方によるかもしれない。眼鏡《めがね》と一緒だ。度の合わない眼鏡を無理してかけ続けていると、視力が低下する場合もある。

一生懸命会話を聞き取るために、私はつけていた補聴器のボリュームを上げていた。そのせいで頭痛や耳鳴りにも悩まされた。

楽しいこともあったし、笑うこともあった。でも、中学時代の私は憂鬱《ゆううつ》だった。その憂鬱は、自分でも信じられない形で外に噴き出すことになった。

◆手話という武器を手に入れて

１９９５年４月、私は埼玉県立坂戸ろう学校（現・埼玉県立特別支援学校坂戸ろう学園）高等部に進学した。

両親は、せっかく中学まで健常者と机を並べたのだから、あと３年だけ頑張ってほしいと思っていたに違いない。でも、私は一度こうと決めたら頑《がん》として変えず、自分が身をもって経験するまでは人の意見も聞かなくなる。その性格を知っている両親は、黙って私をろう学校へ送り出した。

ろう学校で、私は初めて手話で日常生活を送ることになった。

聴覚障害者がコミュニケーションを取るにはいくつかの方法があって、自分の得意、不得意や話す場所、相手によって使い分けている。

私の場合、聞こえない人同士では手話を使う。健常者と話すときは口話だが、要件が長いときは筆談を使うこともある。相手が違う場所にいるときはメールでやり取りをしている。

その中で、私にとって一番楽なのはやっぱり手話だ。言いたいことを正確に伝えられるし、口話や筆談ではうまく表現できない気持ちを全て話すことができる。

手話を使えるようになったことで、私の学校生活は一変した。

坂戸ろう学校は幼稚部から高等部まであり、全体でも生徒数は100名ほどだっただろうか。私が入学したとき、同じ学年の生徒は4人だけだった。

少人数だけに先生や友達との距離が近い。手話と口語を使って、毎日たくさん会話をした。学校でコミュニケーションがスムーズに取れるって、自分の感情が細かいところまで伝わるってこんなに楽しいものなのか。胸のつかえがストンと落ちたような気がした。

ただ、期待はずれだったこともある。

入学前は、手話があるから授業がわかりやすくなって、楽しく学べるだろうと思っていた。だが、残念なことに授業内容はかなり遅れていた。

通常の授業のほか、特別に先生とマンツーマンで高校の勉強を教わることになった。でも、ふだん友達とワイワイ言いながら過ごしているところから、いきなり先生と顔をつき合わせて勉強しろと言われても、そわそわして落ち着かない。それに「どうせ他の子はここまでやらないんだから」と思うと、なかなか集中できなかった。

中学時代にすっかり染《し》みついた怠け癖が抜けていなかったのだろう。そのうち特別授業を投げ出すようになり、面倒くさいことは全てサボるようになってしまった。

ある日、体育でプールの授業があったが、私は見学どころか授業を放棄して抜け出した。

クラス担任が黙っているはずはない。

「調子に乗っていると退学だぞ！」

手話を使ってきつく叱られた。

その言葉に思わずカッとなって、私は担任の前で体育館の鉄のドアを思いっきり蹴飛ばした。脅したつもりが捻挫してドジを踏んでしまったけれど、それは私にとって生まれて初めての、教師に対する行動を伴った反発だった。

それまでの学生生活ではコミュニケーションがうまく取れなかったから、先生との会話もほとんどないに等しかった。

でも、ろう学校では違う。手話がある。

今まで他人に言われたことがないようなことを手話でずけずけと指摘される。心の中にいきなり土足で踏み込まれたような感じで、それが私の神経を逆《さか》なでするのだ。

中学時代も先生の態度で気に障《さわ》ることがあったけど、せいぜい睨《にら》むぐらいしかできなかった。だが、ろう学校で、私は手話を通して言葉という武器を手に入れた。大げさかもしれないが、私にとっては本当に心強い武器だった。それを使って思いきり攻撃した。溜め込んでいた気持ちを一気に爆発させたのだった。

その一件以来、先生に文句や注意を言われたらすぐ反抗するようになった。もともと頑固だったのが、より一層、人の話を一切聞かない人間になっていった。

◆教師を殴って停学処分に

ある日、友達にこんなことを持ちかけられた。

「先輩が髪の毛を染めたいって言ってるんだけど、寮に入ってて無理だから学校でやる。

手伝ってくれ」

坂戸ろう学校には寄宿舎があるが、規則がとても厳しい。髪を染めるなどもってのほかだった。

その夜、友達と一緒に学校へ忍び込んだ。

電気をつけるとバレてしまう。暗い教室で先輩の髪に染料を塗った。薬品の匂いがつんと鼻をつく。月明かりを通して、茶色に染まった髪が見えた。秘密の儀式みたいでワクワクした。

そのとき、いきなり教室が明るくなった。見回り中の体育教師に見つかったのだった。

体育教師と私は、それまでも折り合いが悪かった。

入学直後に私は陸上部に入部したが、数カ月後にあっさりやめてしまった。よく覚えていないけれど、放課後に遊びたかったからというぐらいの理由だったと思う。陸上部の顧問をしていたのが、この体育教師だった。たまに顔を合わせると、体育教師は私に向かって「根性がない」などと言ってきた。図星《ずぼし》だったから余計むかついた。

誰もいないはずの教室で私たちを見つけた体育教師は、すごい勢いで飛びかかってきた。

「何やってるんだ！」

私の襟首《えりくび》をつかみ、押し倒した。私は教師を何とか押しのけ、ダッシュで学校を逃げ出

した。ヤバいなあと思ったが、見つかったのがあの教師だっただけに、反省の気持ちは一切なかった。逆に、

「あの先公、許せない」

と不良みたいに友達と毒づいた。翌日からの私は、学校の廊下でその教師とすれ違うと睨みつけるようになった。いつか仕返ししてやると思っていた。

数日後、また体育教師から注意を受けた。たぶん些細《ささい》な理由からだったと思う。その瞬間を待ち構えていたように、私は怒りを爆発させた。

教室の掃除用具入れを開けてモップをつかみ、教師の後頭部を思いきり殴りつけた。相手も相手で、私からモップを取り上げると、肩だったか、腿《もも》だったかに叩きつけてきた。教室にいた他の生徒や先生たちも集まってきて、学校の廊下は騒然となった。

事件の処分は停学3日、それとも1週間だったか。記憶が曖昧《あいまい》なのは、それからも何度か停学処分を受けていたからだ。それでも私は懲《こ》りるということを知らなかった。

体育教師とのいさかいが絶えることはなく、教師を見かけると2階の窓から水が入ったヨーヨーを投げたりして、悪質ないたずらを繰り返した。

母と激しい喧嘩をしたのは、何度目の停学のときだっただろう。

その頃の私は学校で暴力を振るってしまったことを後悔して、それでも感情のぶつけど

ころがわからず、両親に当たることが多かった。

その日は今まで以上に感情が抑えきれず、私はとうとう絶対に言わないと決めていたことを母に口走ってしまった。

「生まれてきたくなかった！　こんな人生いやだ！」

いい終わる間もなく、私の頬《ほお》に平手が飛んできた。

目の前で母が泣いていた。母が泣くのを見たのは初めてだった。

◆「お前を殺して私も死ぬ！」

私は、気持ちをコントロールすることができないでいた。街を歩いているときも、派手な子を見つけるとガンを飛ばしていた。いつも戦闘モードだった。他の人はどうやって感情を静めているのだろう。不思議でしょうがなかった。それほど、自分ではどうしようもなく感情が暴れてしまうのだった。

母が泣いたのを見たあとも、家での口喧嘩は頻繁《ひんぱん》に起こった。機嫌が悪かったり嫌な出来事があったりすると、ついつい親に当たってしまった。

母も我慢の限界に来ていたのだろう。ついに、こう叫んだ。

「一緒に飛び降りて死のうか！」

喧嘩で感情が高ぶると、母は早口になり私には口の動きが読めない。

「何？　何を言ってるの？　わからない！」

すると母はものすごい速さでキュードの手振りをしながら、

「お前を殺して私も死ぬ！」

と叫んだ。きっと、近所に聞こえるくらいの大声だったに違いない。

私も抵抗して、大声で叫んだ。

「やだ！　死ねない！」

生まれてこなければよかったと言っているくせに、死ぬのは怖い。自殺などは一度も考えたことはないし、考えたくなかった。

親と喧嘩をしたあと、いつも私は自分の部屋にこもり、ひとりで泣いた。

なぜ親に当たるんだろう。どうすればいいんだろう。いくら考えても自分では答えが見つからなかった。手話のおかげで気持ちを伝えられるようになったけれど、本音をぶつけて相談できる人はいなかった。

◆全てが投げやりに……

高校2年になっても、私は相変わらずよくキレた。椅子を投げて教室のガラスを割ったり、男の先生を素手で殴ったりもした。

なぜ、こんなことをしてしまうのか。

中学を卒業する頃から、自分は漠然と将来に対する不安を感じていた。その不安は一年、一年増している。ろう学校へ来たことが正解だったのか、失敗だったのか。妹と同じように私も小さいときからろう学校へ通っていたら、こんな自分にならなかったのではないか。普通の学校からろう学校へという親の決めた進学の順番が逆だったのではないか。夢もとっくに諦め、全てが投げやりになっている……。

必死になって考えた。どんどん暴力行為がエスカレートしていく自分が、怖くてたまらなかったからだった。

教師に暴力を振るったときは、校長から、

「これ以上やったら警察に逮捕させる」

と言われた。母からも、

「娘が刑務所に行くなんて絶対に嫌だけど、恵子が入ったら面会だけは行ってやる」

と言われた。このままでは本当に刑務所へ行くかもしれないと脅《おび》えた。

あんなに穏やかな父からもついに手をあげられた。しかも、平手ではなく拳で思いきり殴られた。

「すまないことをしたと今になって思うけど、あの頃の恵さんは平手で追いつくような子じゃなかった。こちらが全力で行かないと絶対に聞かなかった」

大人になってから父は苦笑しながらそう言った。あの頃、父は真剣に心療内科の病院を探していたそうだ。それくらい、私は手がつけられない人間だった。

キリスト教信者でもないのに、思い余って尼さんになろうかと本気で考えたこともある。修道院で尼僧が修行する映画を観て、これなら私も正しい道に戻れるかもしれないと思ったのだった。

私は思いきって担任に相談してみることにした。

高校2年で、クラス担任が男性から女性に代わった。1年の担任とは仲が悪くていつも口喧嘩ばかりしていたけれど、その先生はとても話しやすかった。イライラしているときにその先生と話すと、なぜか落ち着いた。

「私、尼さんになりたい」

せっぱ詰ったような私の顔を見ながら、先生は笑って答えた。

「尼さんは好きなファッションもできないよ。バイクにも乗れないしね」

突然出てきた「バイク」の言葉に、どきっとした。学校には内緒にしていたはずなのに、原付免許を取ったことがすっかりバレていたのだった。

◆卒業後はどうすれば……

尼さんになれるわけがない。絶対に無理だ。でも……。私は何としても更生したかった。その方法がわからず、ずっと悩み続けていた。

「こんなに暴れてしまうのは、部活動をしていないせいでエネルギーが余っているからかもしれない」

あるときふと、そんな考えが浮かび、その日から毎晩ジョギングをするようになった。腕立て伏せや腹筋もやるようになった。

こんなことで変わるはずがないと思ったが、何もしないよりはましだった。ところが、しばらくしたら意外にも効果が表われ出した。

一日も欠かさず続けているうちに、ただ黙々と走っているのが快感になってきた。疲れてしまうから夜遊びに出る気もなくなった。そうすると、ちょっとだけだが気持ちが落ち着くようになった。

そのぶん、今まで遊んでいた友達との会話が減ってしまい、学校でもひとりでいるのを好むようになってしまったけれど。

３年生になってもその状況は変わらなかった。ひとりの退屈《たいくつ》を紛《まぎ》らわせるためと、学校でも体を動かすために、私は部活動を久しぶりに再開することにした。選んだのはバレーボール部。余計な道具を揃えなくていいし、飛んでくるボールを打ち返せばいいのだから、耳が聞こえなくてもできそうだった。体はじゅうぶん鍛えている。練習にもついて行けたし、試合にも積極的に参加するようになった。

もうひとつ再開したことがある。絵を描くことだった。

読者感想画を募集する埼玉県のコンクールがあり、私は久しぶりにペンを持った。応募した作品は優良賞に選ばれた。

少しずつ以前の自分を取り戻してきたが、絵を描くことをもう一度自分の夢にするには時間が経ちすぎていた。まわりでは卒業後の進路が話題にのぼることが多くなってきた。

私も自分の将来を考えなければならない。でも、今までが今までだから、先のことを全然考えてこなかったし、まだ働く自信もなかった。どこでもいい、ろう学校の専攻科にでも行こうと思っていた。

◆背中を向けて逃げていた

他人事のようにしている私の代わりに進路を真剣に考えてくれたのは担任の先生だった。

「あなたは手先が器用だから、歯科技工士の資格を持ったらどう?」

そう提案してくれた。

他に行きたいところもなかった私は、とりあえず先生が勧めた学校へ行くことにした。

聴覚障害者の中には自分の障害と向きあい、前向きに受け止めて、早くから将来の道筋を立てている人もたくさんいる。だが、残念ながら私はそうではなかった。

小学校や中学校では何のストレスもなくおしゃべりしたり授業を受ける同級生たちをうらやましく思っていた。家では楽しそうにろう学校に通う妹を妬《ねた》んだりしていた。妹だって、嫌なことや辛いことがたくさんあることはわかっていたはずなのに。

聞こえないということが憎くて、前向きどころか背中を向けていつも逃げていた。

私は弱かった。ずっと弱いままだった。

第6章 私も闘いたい

◆歯科技工の技術

筑波大学付属ろう学校（現・筑波大学付属聴覚特別支援学校）歯科技工科は、日本で唯一の聴覚障害者のための歯科技工士養成校だ。卒業生の一部は一般企業にも採用されるが、多くは歯科医院や病院、入れ歯や差し歯、矯正装置などを専門に作る歯科技工所に就職する。3年間みっちり専門技術を学ぶし、先生方も熱心だから、就職率はとてもいい。

歯科技工科に入学した当時の私について、同級生たちはみんな、

「すごく暗くて無口だったね」

と振り返る。

たしかに新学期なのに張り合いがなく、いつもむっつりしていた。歯科技工士になりたいと思ったことも興味を持ったこともないから、どうしてもやる気が起きなかったのだ。

その頃はもう、現在の東京都板橋区の家に住んでいたが、そこから千葉県市川市の学校までは2時間もかかる。満員電車の混雑に耐えられず、学校の寮に入ることにした。しかし、ここでも早々に私は失敗をやらかした。

夜中に抜け出して遊びに行ったのがバレてしまい、1年足らずで寮から追い出されてしまったのだった。両親はがっかりしたけれど、私は自分自身にすっかり愛想《あいそ》を尽かしていたから、もうあまりへこまなかった。

2年生になると通常の講義のほか、歯科病院に行って診察の様子や歯科技工室を見学する実習なども加わった。あと2年もすれば歯科技工士として働くことになるのか。そう考えるとだんだん自由を奪われていくようで、私はますます憂鬱《ゆううつ》な気分になった。

その憂さを晴らすのに、バイクは打ってつけだった。

バイトで貯めたお金をつぎ込んで、400ccの中古アメリカンバイクを手に入れると、学校を休んでツーリングに出かけるようになった。東京から神戸まで一般道路で走り続けたこともあった。

バイクに乗ると完全にひとりの時間、ひとりだけの世界になる。運転に集中しているから、余計なことを考えなくていい。スピードを出せば頭の中の何もかもが後ろへ吹き飛んでいった。

私はひとつのことに夢中になると、他のことが見えなくなってしまう。

案の定、バイクを乗り回しているせいで出席日数が足りなくなり、私はもう一度2年生をやり直さなければならなくなった。二度の留年は、いくら怠け者の私でも避けたい。今度こそと真面目に学校に通い、真面目に講義を受けたのだった。

◆何となく始めたボクシング

勉強のために遊びやバイトを我慢していると、放課後から夜にかけて時間がぽっかり空くようになった。休みの日はツーリングに出かける。でも、ふだんの日は暇でしかたがない。バイク以外にもうひとつ趣味を見つけたいと思うようになった。

あれこれ考えるうちに、ふと頭に浮かんだのが「格闘技」だった。歯科技工科二度目の2年生を過ごしている21歳の夏のことだ。

格闘技は護身術として身につけたいと思っていたし、身体を鍛えているときは自分の精神状態が安定することも、高校時代の経験でわかっていた。もうやんちゃなことはしていなかったけれど、喧嘩に強くなりたいという気持ちも少しあったかもしれない。

いざ始めようと思っても、格闘技にはいろいろな競技がある。

空手、柔道、テコンドー、合気道、ボクシング……。どれにしようか迷い、とりあえず地元の空手道場を見学することにした。

だが、検討するまでもなく空手はすぐに断念した。入会金の他、空手衣や防具も揃えなければ始められない。学生でお金に余裕のない私にはとても購入できそうになかった。そうなると、同じ理由で柔道やテコンドー、合気道も無理そうだ。

取捨選択《しゅしゃせんたく》の結果、最後に残ったのがボクシングだった。

ボクシングならTシャツと運動靴だけあれば始められるし、グローブはとりあえず借りておけばいい。今でこそプロボクサーになった私だが、最初はボクシングなんて全然興味もなかったし、知識もほとんどなかったのだった。

情報を集めようと本屋に行き、『ボクシングマガジン』という専門誌を読んでいたら、偶然、家の近くにボクシングジムがあるのを発見した。アマチュアやエクササイズ専門のジムだった。プロボクサーがたくさんいるような名門ジムは敷居《しきい》が高すぎる。「ここならできそう」と、さっそくジムに向かった。

聞こえないことを説明すると、ジムの会長は、

「へぇ、そうか。耳が悪いのか。いいよ、ボクシングやってみるか」

と言ってくれた。

私のボクシングキャリアは、決意も覚悟もないまま「何となく」スタートした。まさか10年もボクシングを続けることになるとは、考えもしなかった。

◆学校の休み時間にもシャドー

ジムで最初に教わったのは、基本の左ジャブと右ストレートだった。これはどのボクシングジムでも同じだろう。教え方はゆっくりで、とても優しい。女性会員が多いのも納得だった。

次にサンドバッグを打つことになった。会長がまず最初に打ち、見よう見まねで私も打つ。打ち方はよくわからなかったけれど、とにかく思い切り叩けばいいのかなと、力任せにサンドバッグを殴った。

「楽しい！」

ワクワクした。気分がスカッとした。

「サンドバッグをバシッと叩く音が快感」という人がいる。私も同じだった。叩いた瞬間、分厚いグローブ越しに振動が拳に伝わり、腕から全身へ抜けていく。全身で感じる振動＝音は快感そのものだった。

まったく未経験のことを一から教わる楽しさは、時間を忘れてしまうほどだった。夢中で何かに打ち込むのは、漫画を描いていた中学以来かもしれなかった。

ジムに通うごとにワクワク感は増していった。学校でも休み時間にシャドーをしてしまうほど、放課後になるのが待ち遠しかった。

練習メニューの中には苦手なものもあった。スパーリングだ。

初めてのスパーリングでは、まだディフェンスができずにいっぱい打たれ、いっぱい星を見た。悔しくて今まで以上に一生懸命練習した。

ジムには女性会員もたくさんいて、中にはすごく強い人もいた。特に先輩のひとりは、いつも実戦さながらに本気で殴ってくる。本当は真っ向勝負で打ち合うべきだろうけれど、「別にプロになるわけじゃないし、喧嘩のようになっても」と、私は尻込みした。その先輩がジムに来る日をチェックして、いないときだけジムに通うようになった。いつも逃げていた。小心ぶりはボクシングでも健在だった。

◆ボクシング優先のアルバイト時代

ボクシングを始めて2年目の春、私は歯科技工科を卒業し、川越市内の歯科技工所に勤めることになった。卒業式の前に、歯科技工士免許の国家試験には合格していた。

障害者雇用の法律が改正されて、最近では聴覚障害者が就ける仕事の幅もだんだん広がってきている。妹の友達は、有名ファッションブランドに就職したそうだ。聞こえない人たちが仕事の面で一番苦労するのは、やはりコミュニケーションだろう。理解や準備のない会社にいきなり入ると、働くほうも受け入れるほうも戸惑ってしまう。それに、細かい表現のやり取りが必要だったり、接客や電話の応対が必要な仕事は、やはり向いていない。

仕事の幅が広がった今でも物づくりや理容、機械や印刷を扱う仕事などに就く人が多いのは、人との対面や会話がそれほどいらず、専門技術を身につければ長く続けられるからだろう。私の歯科技工士という仕事も、聴覚障害者が選びやすい仕事のひとつだった。

就職した会社は社長、パート1人、正社員4人だけの小さなラボで、社長は大らかな、いい人だった。聴覚障害者の採用はしていなかったが、学校の先生の要請を受けて私を快く受け入れてくれたのだった。

私の仕事は、簡単に言えば歯の詰め物や被《かぶ》せ、ブリッジなどを作ることだった。患者さんから取った歯型が医院から送られてくる。その歯型に石膏《せっこう》を流し、できた模型の上にワックスで型を作って金属にして、最後に研磨で仕上げたら完成だ。細かい作業のほとんどは機械ではなく手作業、しかも残業続きだったので、家に帰る頃にはヘトヘトだった。

私は、好きなことには執着するのに、興味がないとすぐ諦めてしまう。誰にも言えなかったけれど、絵を描くことの夢もまだ捨てきれずにいた。会社の人にはよくしてもらったが、どうしても仕事にやりがいを感じられず、入社から4カ月で会社に退職届を出した。

それからは、ひたすらアルバイトの日々だった。

郵便局のバイク配達、菓子工場の夜間作業、キオスクの売店業務、長野のレタス畑での収穫作業、スーパーの早朝陳列、マクドナルドの製造バイト。その間にはフォークリフトの免許も取った。

手っ取り早くお金が稼げそうな仕事、これならやれそうだと思った仕事、選んだ理由はいろいろある。ただ、時間が不規則だったり残業のある仕事は避けた。ボクシングの時間を削られたくなかった。

バイトや契約社員としての生活も4年目を迎えた頃、ようやく私は再就職を決めた。歯科材料や関連機器の製造・販売をする株式会社ジーシーが、新たな職場となった。

◆なぜ試合に出られないの？

アルバイト時代も、就職してからも、私はボクシングジムに通い続けた。

続けていると、苦手なスパーリングにも慣れてくる。実戦形式のスパーリングをやりながら、基本のジャブ、ワンツー以外にもフックやアッパー、自分の身を守るディフェンスの方法を自然に覚えていった。

ボクシングの武器は二つの拳《こぶし》しかないけれど、その二つの角度や速さ、強さを臨機応変に変えて打たないといけない。とっさに攻撃から防御の武器に変えなくてもいけない。左と見せかけて右を打ったりもするので、騙《だま》しのテクニックも必要だ。コンビネーションも数え切れないほどある。やればやるほど奥の深さを感じるのが、ボクシングというスポーツだ。だからボクシングがやめられない。

正直、他に熱中するものがなかったというのも、やめられない理由のひとつだった。仕事の都合でどうしても行けないときは、いったんジムを退会し、夜遅くまでやっている別のジムに通ったりもした。

ボクシングを始めて、もう6年が過ぎようとしていた。

あるとき、男性会員のひとりが、東京都アマチュアボクシング大会に出場することが決まった。それを知って、初めて「私も大会に出たい」と思った。

それまで試合に興味はなかったけれど、せっかくここまで続けてきたし、苦手なスパーリングも克服した。自分も大会で今の実力を試してみたいと思ったのだった。

会長が主催者に問い合わせをしてくれた。しかし、返ってきた答えは、

「出場することはできない」

健康上の条件を満たしていないというのが、その理由だった。

会長は、だったら演技に出ればいいと言った。

女子アマチュアボクシングには「実戦競技」と「演技競技」の二種類がある。

「実戦競技」は、ヘッドギアをつけて2分3ラウンドを闘う普通のボクシングの試合。

「演技競技」は試合ではなく、構えやフットワーク、打撃の型、腕立て伏せや縄跳《なわと》び、サンドバッグ、シャドーボクシングなどでボクシングの技術や体力を競う。

アマチュアボクシングのルールでは、演技競技で合格点を与えられた人が実戦競技に出場できるとされている。最近になって、初めて私はそのことを知った。もしかしたら、実戦競技を断られたのは演技競技に出場していなかったからだろうか。

とにかく、会長は「実戦が駄目なら演技に出よう。演技競技なら安全だから出られるはずだ」と、私の出場を申し込んだ。

ところが、演技競技も出場できないとの答えが返ってきたという。

全然危険性がないのになぜ？　試験官が指示を出すときに少し配慮してもらえば、私で

もできるのに。ただ聞こえないというだけでやらせてもらえないとしたら、どうしても納得がいかない。演技が駄目なら、実戦なんて絶対に無理に決まっている。

悔しくて、ショックで、私は泣いてしまった。

◆プロボクサーへの執着

プロボクサーになりたい。

その気持ちがだんだんと沸いてきたのは、アマチュア大会への出場を拒まれてからしばらくしてのことだった。

一度は諦めたけれど、遠くなればなるほど実戦への思いは増していった。そういえば私が荒れていた時期のことを振り返って、父はこんなことを言っていた。

「恵さんはこっちが叱るほど、叩くほど、余計に燃えるんだよね。とんでもない勢いでかかってくる。あれはすごいガッツだった。すごい闘争心だった」

一度火がつくと止められないのも私だった。

試合をしてみたいという当初の目的は、はっきりと変わってきていた。

耳が聞こえなくても、格闘技はできるんだ。試合ができるんだ。

自分がリングに立つことで、闘うことでそのことを証明したい。だからこそ、プロボクサーのライセンスが欲しい。心の底からそう思った。

誰にも言わず、ひとりでライセンス取得への闘志を燃やしていた頃、ひとりの女子プロボクサーが出稽古にやって来た。そのスパーリングの相手を、私が務めることになった。実戦形式でプロと2分3ラウンド闘うのは初めての経験だ。気合いが入った。

当時から、私は女子の中でもパンチ力があると言われていた。でも、実際のところ、私のパンチはプロにどこまで通用するんだろう。ドキドキしながら相手と向かい合った。開始の合図と共に、私は真っ向から相手と打ち合った。全力を出しきった3ラウンドはほぼ互角。パンチの連打で相手をコーナーに追い込む場面もあった。

スパーリングが終わると、相手のトレーナーが感心したような表情で話しかけてきた。

「きみ、プロにならないの？」

もちろん、なりたい、でも、プロテストは受けられそうにないし……。言葉がなかなか出てこない。すると、横にいた会長が自分の耳を指し、手を横に振りながら言った。

「耳が悪いから、無理」

みみがわるいから、むり。会長の口は、たしかにそう動いた。

悔しさが込み上げてきた。

私はプロボクサーとも互角に闘った。それなのに、なぜ頭ごなしに「無理」と決めつけるのか。会長にはプロになりたいという話をしていなかった。わがままかもしれないが、それでも、少しだけでも察してほしかった。聞こえる、聞こえないを抜きにして、私の実力だけを見て、無理かどうかを判断してほしかった。それが悔しくて、寂しかった。

◆ボクシングを捨てた私

そのあともアマチュア大会への出場を申し込んだが、やはり駄目だった。

アマも駄目、プロも駄目と言われ、私はボクシングのルールに対して苛立《いらだ》ってきた。

ボクシングを始めて8年目の春、私は大柄の男性会員とスパーリングをしていた。相手のボディにフックを入れた瞬間、右手首に激痛が走った。医者からはＴＦＣＣ（三角線維軟骨複合体）損傷と診断された。野球やテニスの選手に多い怪我だという。

痛みがひどく、拳が握れなくなった。張りつめていた糸がぷつりと切れた。

「ボクシングなんて大嫌い。やめてやる」

そのとき､私はボクシングを捨てた。ジムにも行かなくなった。もうすべてが嫌になった。

子供の頃、みんなと同じように歌が歌えなかった。小学校ではいじめられた。ずっと孤独だった。感情を爆発させたかと思うと、無気力になった。就職活動も満足にできなかった。そして、ボクシングからも拒絶された。

すべての原因となった自分の耳を、私はうらんだ。

聴覚障害者には「聞こえないことに誇りを持っている」だとか「自分は不幸ではない」とか言う人もいる。でも、気丈な人ばかりじゃない。弱い人間だっている。

「自分は不幸だ。何で聞こえないんだ。畜生」

私はずっと、ずっと、そう思い込んでばかりだった。


翌月、私は格闘技道場に入門し、グローブをつけて闘う新空手やキックボクシングの試合に出るようになった。ボクシングをやめても格闘技は続けたかった。もっと強くなりたかった。

私が選んだ空手やキックの団体には聴覚障害者に対する出場制限はなかった。今までのうっぷんを晴らすように、私は矢継ぎ早に試合に出続けた。5カ月間で4試合闘った。すべてに勝った。

痛めてから1年以上が経ち、右手首もようやく回復してきた。

キックの試合に備えて、そろそろパンチの特訓をしたい。どこかいいところはないか。インターネットで検索し、行き着いたのが「トクホン真闘ボクシングジム」だった。

第3部 Part Three

2011年2月、後楽園ホールで世界王者とエキシビションマッチ。左が著者

リングでの闘い

第7章 デビュー戦

◆開き始めた心

真闘ジムはとても厳しいジムだ。

未経験者だから、女性だからといって区別や手加減はされず、プロ選手と同様の熱血指導を受ける。

私が以前に通っていたジムは、ダイエットやエクササイズ目的の女性でも気軽に練習できるし雰囲気もなごやかだった。それだけにこのジムに来た当初は毎日、かなりビビっていた。会長の指導を受けるときなどは特にそうで、「わかるか！　恵子」と会長に目の前で言われるたびに冷や汗をかいた。

会長は、プロ選手から一般の会員まで一人ひとり丁寧に指導する。会員が自分の意図とは違う動きをすると、会員を怒るのではなく、担当トレーナーさんたちにお説教をする。会長とトレーナーの熱意で、教えられているこちらまで気合いが入ってくる。

ジムの厳しさはボクシングの技術だけではなく、礼儀に対しても徹底している。ジムというより道場と呼びたくなるほどだ。

ジムに来たときは入口できちんと挨拶をするという決まりがある。でも、私は声が小さくて、なかなか会長に届かない。いつも「大きな声で言いなさい」と注意を受ける。

「こんにちは」

「聞こえなーい！」

「こんにちは！」

「えーっ？」

会長は手のひらを耳に当てて、「聞こえない」のジェスチャーをする。こんなやり取りを会長が許してくれるまで続ける。

ＯＫのときは「はい、こんにちは！」とか「よし！」と言ってくれ、たまたま一回で声が届いたときは

「おー、恵子。よしよし」

と言ってくれる。会長と私の掛け合いを、他の会員さんたちはいつも笑いながら見ている。とても恥ずかしいけれど、会長に言われるままに声を出していると、不思議と元気が出てくる。大きい声を出すことがプラスのエネルギーに変わることを、真闘ジムに来て私は初めて知った。

会長といると、面白いエピソードが尽きない。

ある日、こんなことがあった。

私のフットワークが会長の指示通りにいかず、どうしてもうまくできなかった。

「恵子の履いているシューズがおかしいんだ」

突然、そう言い始めた会長は、2階の自宅にいる奥さんを呼びつけた。よく聞こえなかったが、どうやら「上履《うわば》きを買って来い」と言ったらしかった。会長はふだんから小中学生が学校で使う上履きを愛用している。自分と同じものを私にも履かせようと思いついたのだろう。

もう夜になっているというのに、いきなり上履きの買い物を頼まれたほうはたまらない。リングのそばで、周りの人たちが真っ青になるような激しい夫婦喧嘩が始まった。原因を作ってしまった私はオロオロしっぱなしだった。

会長と奥さんのやり取りで覚えていることが、もうひとつある。

ジムの2階で私が会長と話していると、奥さんが会長に向かって、

「それじゃ伝わらないでしょ」

と言って、ペンと紙をテーブルの上にポンと出した。すると会長は、

「わし、目が見えないんだよぉ」

と、それはそれは困った顔をしていた。「ひょっとして奥さん、わざとやったのかな」

そう思った私は笑いをこらえるのに必死だった。指導しているときの会長は震え上がるほど怖いこともある。でも、ふだんの会長はとても気さくで、私が言うのも失礼だけど可愛いところがいっぱいある。

◆「恵子、笑ってごらん」

会長と出会うまでの私は、あまりしゃべらなかった。家族や友達を除いて人としゃべるときは胸が苦しくなってしまうし、変な汗をよくかいてしまった。ずっと自分の殻《から》に閉じこもっていたから、ちょっと対人恐怖症になっていたかもしれない。

真闘ジムに通い始めてしばらく経った頃、練習中に会長が、

「恵子、もっと積極的に、明るくなりなさい」と言った。私は、

「よく聞き間違えるし、うまく聞き返せないから遠慮してしまいます」

と答えた。すると会長は、

「すみません！　よく聞こえないのでもう一度おっしゃって下さいと言えばいいんだよ」

と言った。そして、

「恵子、笑ってごらん。笑顔も大事なんだよ」

とアドバイスしてくれた。

私はいつも無表情だった。全然笑わなかった。ジムだけではない。会社でも4年間笑っていなかった。会長の言葉で、私は初めて気づいた。

「そうか……笑顔なんだ」

それ以来、ほんのちょっとずつだが、私はジムや会社で笑うようになった。ジムでは無理に笑おうとしなくても、会長やトレーナー、会員さんたちが気軽に話しかけたり冗談を言ったりしてくれるので、自然に笑顔になった。

スパーリング中、セコンドの指示がわからないことに気づくと、小林さんや舟木さんが私の視界に入るようリングサイドを動き回って指示を出してくれるようになった。ボクシング用語を伝えるために、オリジナルの手話まで考案してくれた。

ジムの人たちの気遣いで、だんだんジムに溶け込んでいきながら、私はプロテストを受け、合格し、エキシビションで初めて後楽園ホールのリングに上がった。そして、ついにプロデビュー戦を迎えることになった。

今までの自分を考えたら、何もかもが信じられないことだらけだった。

◆「いいことありそう。勝つかも」

2010年7月26日、デビュー戦の前日。

計量を終えて帰宅し、しばらくすると妹の聖子がトルコから帰国してきた。

聖子は女子美術大学を卒業後、ろう学校の美術教師を数年間勤め、1年前に結婚した。そして、旦那さんの実家があるトルコで5月に長男を出産した。今回は親子で初めての里帰りだった。私が甥《おい》っ子と対面するのも、もちろん初めてだった。

甥っ子の名前は「寅次郎《とらじろう》」という。

明治時代、日本とトルコの親善の橋渡しをした山田寅次郎という人にちなんだ名前だそうだ。トルコではとても有名な日本人らしい。

聖子が私に寅次郎を預けた。温かくて柔らかい。ミルクと汗が混ざったような独特の匂いがする。生まれたばかりの赤ちゃんを抱っこしていると、何か縁起《えんぎ》がいい感じがした。

妹に手話で言った。

「明日いいことがありそう。勝つかも」

妹が微笑《ほほえ》んだ。お母さんの顔を真似たのか、寅次郎も微笑んだ。

◆家を出ると緊張が増していった

試合当日はいつもより遅い時間に起床した。不思議とよく眠れた。

外は蒸し暑かった。外に出て軽く運動したほうがいいけれど、暑すぎてかえって疲れてしまうかもしれない。考えた結果、家の中でストレッチだけをやった。

会長やトレーナーとは午後4時に後楽園ホールで合流することになっている。そのあいだ、会ったばかりの甥っ子の顔を眺めていた。白い肌は妹似か。のほほんとしているけど、じつは気が強そう。これも妹ゆずりかもしれない。クルクルの巻き毛はパパから受け継いだのか。私も天然パーマなので、すごく親近感が沸く。とっても可愛い。

自分の指を寅次郎に握らせてみたりした。寅次郎に癒されたおかげで緊張はほぐれて、日中はリラックスして過ごすことができた。

でも、いざ家を出てみると、やっぱり緊張が増していった。電車に乗ると心臓がドキドキしてきた。

後楽園ホールに着くと、もうＮＨＫの撮影スタッフがカメラを構えて待っていた。カメラが回っているので、しゃんとしなければならない。余裕のフリをしたが、本当は緊張していて笑顔を浮かべるどころではなかった。

エキシビションのときは男子選手と同じ控え室を使ったが、今回は女子選手用の部屋が特別に用意されていた。シャドーやミット打ちができるくらい広々としていたので、さっそく準備運動に入った。カメラがまた回り出したが、もう気にならない。頭の中は、あと2時間ほどで始まる自分の試合のことでいっぱいだった。

対戦相手の村瀬生恵選手は１６７cm。私より15cmも高い。試合前の練習では、心配した会長が、

「大きい相手とできるのか？」

と聞いてくれた。私は、

「アマチュアのスパーリング大会やキックのときも、相手は背の高い人ばかりだったから慣れています」

と伝えた。会長は大きい相手に対する戦法をいろいろ教えてくれた。それを聞きながらも、私は「すぐ仕留めたい」というイメージしか思い浮かべられなかった。ボクサーとしてまだまだ未熟なところだ。４ラウンドまで闘うのは嫌だ、疲れてしまうと考えてしまったのだった。

会長もトレーナーも、私がリングに立ったときや闘うときをどう想像していたのだろう。

私よりはるかに心配は大きかったかもしれない。ほかの会員さんからも、練習中に「頑張れ」といった激励はあまりなかった気がする。私の知らないところで、みんなが今日の試合を心配してくれていたんだと思う。

相手はどう攻めてくるんだろう、自分はどう攻めようか。準備運動しながら、あれこれと想像した。会長も言っていたように、相手は長身だし手数も多いから、なかなか中に入れさせてくれないだろう。

「やっぱり一気に行こう！」

このとき、私の中で作戦が決まった。

相手をジャブでロープに追い詰めて、そこから連打、とにかく連打で行く。これも会長に教わったことだった。

相手が応戦してくれれば、打ち勝つ自信はある。うまく行けばレフェリーストップに持ち込めるかもしれない。

◆ロープをくぐると「静」の世界へ

いよいよ私の出番が近づいてきた。深呼吸を何度もした。

会場への扉が開く。たくさんの観客が視界に飛び込んできた。

「見られている！」

エキシビションのときと同じように、また足がすくんだ。客席の間を通りリングに上がるまでは、今までにない恐怖を感じた。

「リングの上でメッタ打ちにされるかもしれない」

「自分がやられているところを見て観客は喜ぶかもしれない」

悪い想像ばかりしてしまう。リングサイドの階段を上がるときは、思わず死刑台とイメージがダブってしまった。

だが、ざわついた心もそこまでだった。

ロープをくぐったあと、私の世界は静かになった。

リングの中央に歩み出て、レフェリーを挟《はさ》んで対戦相手と向かい合う。

レフェリーの口が動く。私には聞き取れないが、どんな注意をしているかはすでにわかっている。

いったんコーナーに戻ると、セコンドの小林トレーナーが言った。

「１ラウンドはすっ飛んで行け」

ゴングが鳴った。

相手の目を見た。戦闘モードになっている。

その瞬間、セコンドの指示通り相手のほうへ突っ込んでいった。

ふだんのスパーリングでは相手をよく見て呼吸や顔色をうかがうが、今回はそんな余裕などない。リーチの長い相手がジャブを伸ばしてきた瞬間、くぐるように相手の懐《ふところ》に入ろうとした。レフェリーがすぐにストップをかける。頭から前に突っ込みすぎてしまい、注意を受けてしまった。

「まずい」

動きを変えようと、上体を揺らしてガードを高くしながら前進した。ジャブ、右ストレート。ジャブ、右ストレート。そして、相手のジャブを左手でかぶせるようにして止め、左頬めがけて右フックを打った。

「痛っ！」

相手の唇がそう動いているように見えた。チャンスだ。一気にラッシュをかけた。何を出したか覚えていない。ただ、ただがむしゃらだった。

二人の間に割って入ったレフェリーが、左手で相手を支えながら右手を大きく振った。それが試合終了の合図だとわかった瞬間、全身がしびれた。

「よっしゃ！」

私は心の中で叫んだ。

◆リングに立てたことが嬉しい

1ラウンド54秒、レフェリーストップによるTKO。会長から繰り返し教わったジャブ、右ストレートを出して勝つことができた。それが何より嬉しかった。

興奮しているのか、全身はしびれたままだ。ぼーっとした感覚のままリングを降りると、大きくて綺麗《きれい》な花束が目の前に突き出された。以前通っていた空手道場の先輩が渡してくれたのだった。お礼をするそばからまたもう一つ、花束が差し出される。相手の顔を見て驚いた。15年も会っていなかった従妹だった。笑顔いっぱいの従妹は、手話で、

「お久しぶり、おめでとう！」

と祝福してくれた。15年前は幼い子供だったのに、こんなに大きくなって、しかも手話を覚えてきてくれたなんて……。胸がいっぱいになって、思わず泣いてしまった。

涙が止まらないまま、選手や関係者だけが通れる通用口を歩いた。試合後のドクターチェックを受けるためだった。

診察してくれるドクターの前で、マネージャーの舟木さんが、

「嬉し泣きだよな？　そうだよな？」

とツッコミを入れるような言い方で私に言った。舟木さんも笑顔だ。

控え室に戻ると、まず三好先生が私を出迎えてくれた。会長と私のことをテレビに紹介してくれた三好先生も、わざわざ応援に来てくれていたのだった。

そして、右を見ると真闘ジムの人たちが大きな拍手で迎えてくれた。その輪の中に会長がいた。白い杖を持ってパイプ椅子に座っていた。

私は会長の手を握って言った。もし負けたとしても、これだけは、必ず言おうと決めていた。

「勝ったことより、リングに立てたことが嬉しいです。ありがとうございました」

私の声はたぶん小さかったと思う。それでも会長の耳に届いたのだろう。会長は大きくうなづいて、それから、はっきりと口を開けて言った。

「それは自分の努力だよ」

◆ボクシングと仕事の両立

試合の翌日、会社に行くと「おめでとう」「強かったね」と声をかけられた。忙しい仕事の合い間を縫って、同僚の何人かが応援に駆けつけてくれていたのだった。

私が勤めている株式会社ジーシーは、歯科医療に関わる材料や器具の研究・開発から製造・販売までを幅広く手がけている。ジーシーで作られた製品は、世界１００カ国以上で販売されているそうだ。障害者採用にも積極的で、私の他にも聴覚障害を持つ社員がいる。

　ここで、私はインプラントやジルコニアフレームを製作している。最初に勤めたラボではほとんどが手作業だったが、ジーシーではコンピューターを使った最新技術が主流だ。模型をスキャンして、機械でチタンやジルコニアを指示通りの形に削る。手作業は最終調整のときだけだ。

　ふだんの作業のほか、製品の発送や伝票記入など事務的な仕事をすることもある。ごくたまに会議に出席するときは、同僚に通訳として筆記してもらっている。

「ボクシングと仕事の両立は大変だね」とよく言われるけれど、自分ではしんどさはそれほど感じない。逆に、座ってばかりの仕事で溜まったストレスを夜のボクシングで発散している感じだ。もし、ボクシングで身体を動かしていなかったら、仕事もここまで続けてこられなかったかもしれない。

　会社の同僚はみんないい人ばかりだ。でも、真闘ジムに通うまでの私は会社でもほとんどしゃべらず、同僚とも接点を持とうとしなかった。

「恵子、笑ってごらん。笑顔も大事なんだよ」

　会長からのアドバイスをきっかけに、私は会社でも少しずつ笑顔を意識するようになった。そのおかげだろうか、同僚も以前より話しかけてくれるようになった。プロデビュー戦をやってからは、自分から声をかけることも多くなっていった。4年間、無口で笑わなかった私が、今は同僚たちと自然に会話ができている。そんな自分に時々驚いてしまうことがある。

◆「いずれやられる時が来る」

真闘ジムにはデビュー戦の翌々日、顔を出しに行った。

少し身体を休めたかったので練習はせず、その代わり試合のビデオを見ながらみんなで反省会のようなことをした。

「ワンツー、ワンツーがよかった。恵子、ラッシュで決めたな」

会長はそう言って私を褒《ほ》めてくれた。だが、嬉しそうな私の顔を見ると、こう言って釘を刺した。

「デビュー戦は楽勝だったが、次の試合は苦しいかもよ」

その言葉を受けて、トレーナーの小林さんも、

「恵子だってやられる時が来るからな」

と言った。

「自分もそう思います」

と私は答えた。

アマチュアのスパーリング大会でも、キックや空手の試合でも勝ち続けてきた。でも、私にもいつか負けるときが来る。それはじゅうぶん覚悟していたことだった。

それに、私には4ラウンド通して戦った経験がまだない。デビュー戦は開始から54秒で終わった。時間が短すぎて、まだボクシングの試合をやった気がしなかった。

スパーリングではヘッドギアをつけ、14オンスの大きなグローブで闘う。グローブの大きさによってパンチの衝撃度も当然変わってくる。8オンスのグローブでパンチをもろに食らったら、果たして痛みはどれほどのものなのか。それもまだ、私にとっては未知の世界だった。

第8章 試行錯誤の日々

◆早くも2戦目が決定

デビュー戦に勝った嬉しさや、試合を終えてホッとする気持ちがだんだん冷めてくると、入れ替わりに次の試合に向けて不安が膨《ふく》らんでくる。そんな中、2戦目が決まった。

9月22日、後楽園ホールで真闘ジムの興行がある。そこに私の試合も組んでくれるとのことだった。

デビュー戦から2カ月弱。これは女子としてはとても恵まれていると思う。

プロボクシングで正式に女子の試合が認められたのは2007年11月のことだ。それまでも女子プロボクシングの大会が定期的に開かれていたが、国内のプロボクシング試合を統括する日本ボクシングコミッション（ＪＢＣ）は認めていなかった。

２００８年2月に初めてのプロテストが行なわれて、5月に第1回の女子ボクシング大会が開かれた。

その当時、私はたしか手首の怪我でボクシングを諦《あきら》め、キックや空手の試合に出ていたと思う。プロテストは本当は32歳までしか受けられないけど、それまで未認可のプロでやってきた人のことも考え、33歳以上でも実績があればプロテストを受けられる。

「女子はいろいろ考慮してくれるから、お前もアマチュアボクシングの大会に出られるかもしれない」

以前のジムの会長はそう言ってくれたが、現実はやっぱり違っていた。

「アマチュアの試合に出られないなら、プロなんて絶対無理だ」

そう思い込んだこともあって、私はいったんボクシングを捨てたのだった。

今、女子の試合は男子の試合の中に1～2試合組み込まれている。女子だけの大会が行なわれることもある。すでに世界王者が5人もいる。私も世界王者の中の何人かとスパーリングをさせてもらったが、とてもいい経験になった。まだまだ実力が足りないけれど、チャンピオンたちと同じ女子プロボクサーの一員として正式に認められたことが嬉しいし、身も引き締まる。

今、女子の一番の問題は選手の数が不足していることだそうだ。男子のプロボクサーは３０００人近くいると聞いている。それに比べて女子は１００名いるかいないか。ライセンスを取っただけで試合に出ない人を除くと、その数はもっと減ってしまう。

それが細かい階級に分かれるのだから、国内で対戦相手を見つけるのは大変だ。女子は50kg前後の階級の人が多いから、52～53kgで闘う私の階級以上になると相手がなかなか見つからない。中には半年も試合間隔が空いてしまう人もいる。

２戦目が決まるまでには、会長や舟木マネージャーがあちこちに問い合わせをしてくれたんだろう。だからこそ、当の私が不安や心配をこぼすわけには行かなかった。

◆心身に疲れを感じながら

試合決定の連絡から数日後、ジムの掲示板にワープロで打った紙が貼られた。大会の試合カード表だった。私の対戦相手は「半谷美里　山木ジム」と書いてあった。

「はんやみさと。山木ジム……あっ！」

デビュー戦の４カ月ぐらい前、出稽古で山木ジムへ行ったときにスパーリングした相手が半谷さんだった。スタミナがある人というのがスパーでの印象だった。

「デビュー戦と同じようには行かない」

それはじゅうぶんに予想できた。スパーリングをやっているから半谷さんも私のファイトスタイルやパンチの出し方はわかっている。きっと研究してくるに違いない。だとしたら1ラウンドで終わらせることは難しい。4ラウンド闘いきれるよう、半谷さんに負けないスタミナをつけなければと思った。

それまでの私はといえば、スパーリングではいつも2ラウンドで目が回るほど息切れしていた。会長とトレーナーからは

「力を入れすぎるから疲れるんだ！」

と何度も指摘を受け、言われたとおりに力を抜こうと意識した。でも、相手の攻撃をかわそうとしたり、腕をあげてガードをしたりすると、どうしても力んでしまう。

4ラウンド余裕を持って動き続けられるよう、サンドバッグを全力で叩くこととシャドーをみっちりやることに重点を置いて練習に打ち込んだ。

今回は練習中の怪我もなかった。猛暑続きで勝手に体重が落ちていくので減量の心配もない。2戦目に向けての調整は順調だった。ただひとつ、疲労の蓄積だけが気になった。キックボクシング、プロテスト、エキシビション、デビュー戦。次々と進んだのでゆとりを感じる暇がなく、心身ともに何となく疲れを感じていた。

それでも、私は楽観的だった。

相手はこれがデビュー戦だし、23歳と若い。格闘技経験では確実に私が上だ。スパーリングもしているから、相手の動きもだいたいわかっている。

「今度も楽勝かなぁ」

生意気にもそんな予想を立てていたのだった。

◆私の顔、どうなっているんだろう

9月22日、後楽園ホール。

この日は全部で6試合が組まれていた。メインイベントは男子の日本ウェルター級王座決定戦。私の試合は2試合目で、6試合の中で唯一の女子の試合だった。

2戦目のリングに上がる。緊張はしていたが、さすがにデビュー戦ほどではなかった。

53kg契約4回戦が始まった。

私はしょっぱなからどんどんパンチを出していった。長期戦を想定してはいたが、いざ相手を目の前にすると、ついつい大振りの強打で相手を倒しに行ってしまう。

何発か、手応えのあるパンチが相手の顔面をとらえた。ところが半谷選手はまったく怯《ひる》まず、ガンガン攻めてくる。その勢いに驚いていると、私の左目にいきなり右ストレート

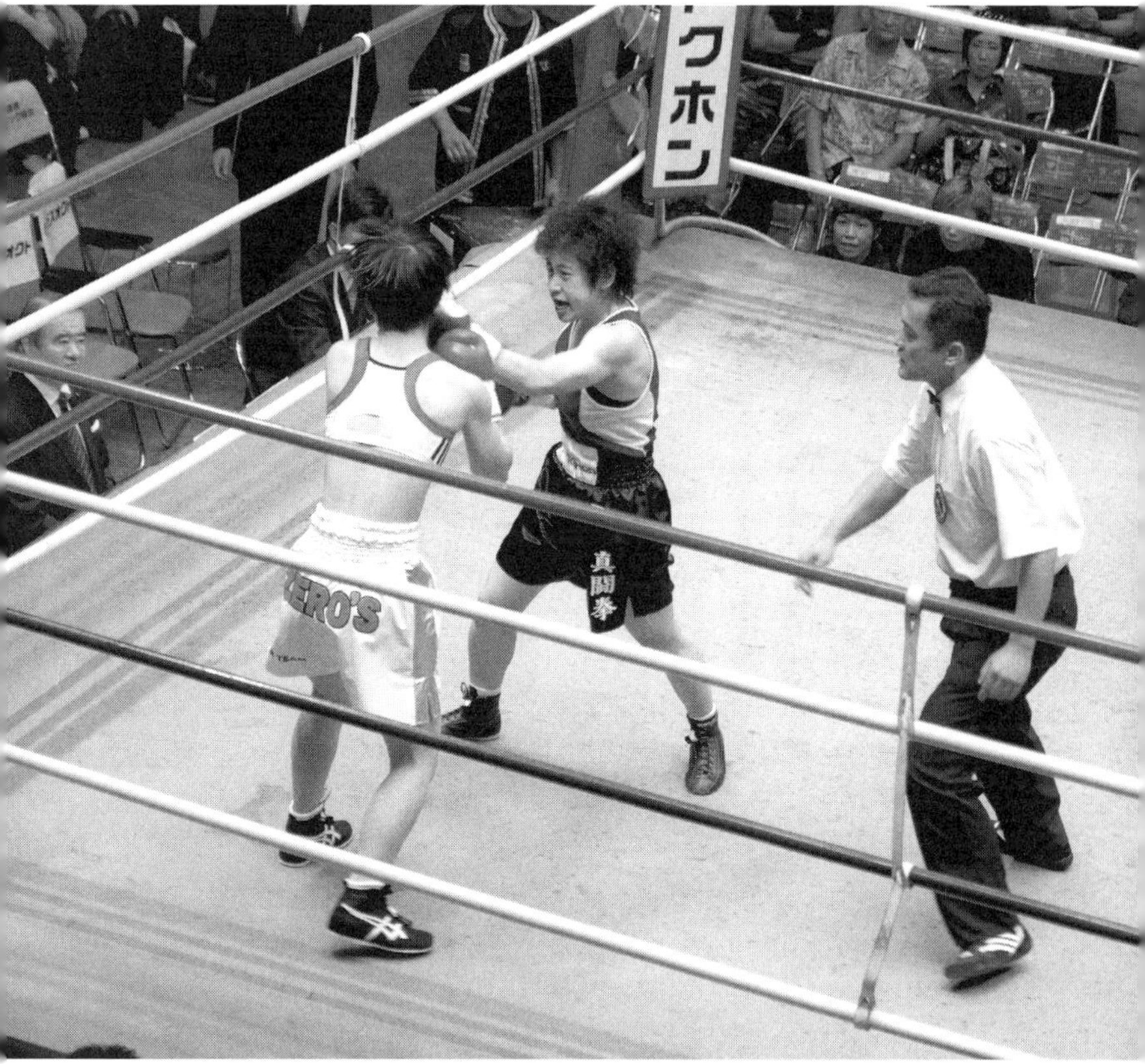

2010年９月22日、後楽園ホールでの第２戦

が入った。

「痛い！」

頭が真っ白になるとか、星が見えるような効いたパンチではなかったが、とにかく痛かった。

アマチュア時代はヘッドギアをつけていたし、こんな強いパンチをもらったことがなかった。キックボクシングの全国大会ではヘッドギアをつけなかったが、グローブは大きかったし、ボクシングに比べて顔面を打たれる回数が少ない。

プロボクシングの試合で、私は初めて打たれる痛みを知ったのだった。

いきなりのパンチで視野がぼんやりと二重になった。頬や鼻が腫《は》れて重くなっていく。

グローブが耳をかすめ、打たれるたびにヒリヒリしてくる。それでも打ち合った。

音もなく静かな中での打ち合いは、一対一の喧嘩をしているような感覚だった。

相手の顔もみるみる腫れてきて、形が変わってきた。それを見て、急に不安になった。

「私の顔、どうなっているんだろう⁉」

怖《こわ》くてしかたなかった。

レフェリーが二人の間に滑り込み、1ラウンド終了を告げた。

コーナーに戻ったが、私はセコンドの顔を見る気がしなかった。話も聞きたくなかった。

初めての痛みと相手の腫れた顔にショックを受け、すっかり戦意喪失になってしまったのだった。

「棄権したい」

そう思った。勝ちたいという気持ちは完全に消えていた。

◆折れかけた心

第2ラウンドも展開は同じだった。相手のペースが少し落ちた気もするが、こちらが打てば相変わらず打ち返してきて、引き下がる気配はない。私の中ではもう戦略も何もかも吹き飛んでいた。

第3ラウンド。打たれた顔面が麻痺《まひ》してきて、もう感覚がない。

やけくそのように振るった大振りの右ストレートを躱《かわ》され、バランスが崩れる。半谷選手はそれを見逃さなかった。ロープまで押し込まれた私は連打を受け、追い詰められた。

「ああもう嫌だ。やめよう」

完全に集中力を欠いた頭は無駄なことばかり考える。でも、身体は勝手に相手のパンチを避け、攻撃を続けている。何だか脳と体が分離しているみたいだった。

このままレフェリーに止められてしまうかもな。諦めようと思った瞬間、またレフェリーが終了の合図を出した。

「ああ、負けちゃうな」

そう思いながらコーナーに引き上げていくと、トレーナーの小林さんが真剣な目で私を見て言った。

「負けるな！」

そして肩を叩き、揺すって檄《げき》を飛ばしてくれた。マネージャーの舟木さんも、下を向く私の髪を引っ張り上げ、気合いを入れ直してくれた。

最終の第4ラウンド。気力はほとんど残っていなかったが、小林さんの檄を思い出し
「ここまでやって来たんだから、やっぱり負けたくない」

と思い直した。打ち合いでも何とか踏ん張って、何発かパンチを効かせることもできた。

それでも半谷選手は最後まで怯《ひる》まない。すごいガッツだ。

試合終了の合図を確認した。全身の力が一気に抜ける。身体が疲れたわけではない。気力を全部使い果たしてしまったのだった。

コーナーでジャッジの採点を待っている間、私は下を向いてぼーっと立ち尽くしていた。

そして、

「もうプロはやめよう。どうせ負けだろう」

と心の中でつぶやいていた。

数秒後、セコンドについていた舟木さんが、後ろから私の頭をぽんと押した。「レフェリーのところに行け」という合図だった。そのとき初めて、私は自分が勝ったことを知った。

勝利がわかった瞬間は嬉しいというよりホッとした。でも、デビュー戦のような気持ちよさや感激は、まったくなかった。

◆「ボクシング、やめなさい」と母は言った

２戦目は、２対０の判定勝利という結果に終わった。２人のジャッジが39対38で私を支持し、残る１人は38対38のドローと判断した。

ギリギリだったけど勝ってよかったと思った。スタミナが４ラウンド持ったことも、自分としては及第点をあげられた。それでも数日後、鏡を見て私は激しく落ち込んだ。両目の周りがアザで真っ青だった。

「いっぱいパンチもらっちゃった。下手くそだなぁ」

アザが治るまで眼鏡でずっと隠していた。これは名誉の負傷でも何でもない。私にとっては技術不足の証そのものだった。

2戦目を終えたあと、私は雑誌や新聞の取材をいくつか受けた。

取材中、決まって聞かれたことがある。

私がためらっていると、インタビュアーは当然のように、

「今後の目標は？」

「チャンピオンですか？」

と続けてきた。

チャンピオンを目指す……。プロボクサーにとって、それっては当たり前のことなのかな？　でも、そんなこと私には軽々しく言えない……。

周囲の期待がプレッシャーとなった。プロの厳しさが改めて身に染みた。以前、エキシビションに出場したとき、控え室で試合を待つ選手たちはみんなリラックスしているように見えた。あの人たちもみんなプレッシャーと闘っていたのだろう。それを隠して、まるで俳優のように「プロボクサー」という役柄を演じていたのか。

私はあんな風に堂々としていられない。試合中は何度も「棄権しよう」「やめよう」と弱音を吐いてしまった。こんなやる気のない人間はプロボクサー失格だ。そう思った。

「痛み」に関しても、私は悩んでいた。

私は極度の痛がり屋だ。視覚だけでめまいや吐き気を催してしまう。

第２戦終了後、舟木肇マネージャー（右）と話す著者

これは、聞こえないということとは関係ない。私も、バシッと頭を叩かれれば骨に衝撃が響くから、たぶん音として感じているのだと思う。聞こえる人にも痛みに強い人と弱い人がいるのと同じで、私はただ痛みに弱いだけなのだ。小さい頃、よく母に頭を叩かれていたから、そのトラウマもあるかもしれない。

2戦目で体験したパンチの痛みに、私はすっかり自信を失ってしまった。

私の弱気に拍車をかけたのは、母の一言だった。

2戦目のあと、母がリングサイドで撮ったというデジタルカメラの写真を見た。だが、カメラには客席や床しか写っていなかった。しかもブレがひどくて、ほとんど何も写っていないのと同じだった。

母にとって今回の試合は過激すぎたのだろう。試合中の母の不安がブレた写真から伝わってきた。心が痛くなった。写真を見たあと、母は言った。

「ボクシング、やめなさい」

私の心は大きく揺れた。

◆闘志がなければリングには上がれない

試合から1週間後、私は練習を再開した。

ミット打ちの指導を受けているときだっただろうか、会長が「この前の試合は……」

「今度の試合は……」と熱心に私に話しかけてきた。

試合、試合、試合。私は１分、１秒も試合のことなんて考えたくないのに。もう、うんざりだと思った。たまらなくなって、会長に言った。

「やめたい」

「やめたいって。どうするんだ？」

「試合はもうやりたくない。親がやめろと言っているから」

会長はちょっと驚いた表情で、

「あんなにプロになりたいと言ってたのに。何で？　ボクシングが嫌いになったの？」

と訊いてきた。私は正直に、

「打たれるのが嫌です」

と答えた。

次の日から、小林さんや舟木さんが「ガードはこうするんだよ」と防御の技術を丁寧に教えてくれるようになった。会長から昨日の一件を聞いたのだろう。

ジムの人たちの気遣いはありがたかったけれど、「やめる」という私の気持ちはもう動かなかった。自分で一度決めたら人の意見を聞かなくなる。頑固な性格だけは子供の頃から直したくても直せない。

「試合、もう嫌」「どうしてだ？」「無理だから」

そんな押し問答が何日も続いた。

その間も毎日練習には行っていた。宣言はしたものの、きっぱりと絶つ勇気がなかなか出せなかったのだった。そんな浮わついた気持ちでは練習にも身が入らない。ジムでひたすら時間が過ぎるのを待ち、スパーリングも嫌々やっていた。マネージャーがせっかく他のジムへの出稽古を設定してくれたというのに、何度もキャンセルした。

1カ月が過ぎた頃、いつものようにダラダラと準備運動をしていると、会長が私のそばにやって来て言った。

「恵子、やめていいよ。ボクシングは闘志がなくちゃできない。闘志がなくなったら危ないからね。無理することはないよ」

会長は怒っていなかった。優しい口調だった。私は少し気持ちが揺らぎ、どう答えたらいいのかわからなくなった。

「わかりました……」

そう言うのが精一杯だった。

家に帰ってから、ひとりでずっと考え続けた。

「やめるのは、すごく簡単なことだ。でも、ここまでやってこれたのは自分ひとりの力じゃない。会長やジムの人たちが頑張って希望を与えてくれたからだ。それなのに簡単に捨てちゃってよいのだろうか」

会長に「やめる」と言ってしまったことを、私は初めて後悔した。

◆震える足と前進する足

翌日、考えた末に私は「やめる」という決断をした。

ボクシングをやめるのではない。「やめたい」とか「できない」と考えることを、やめることにしたのだ。

会長やジムの人たちに感謝する気持ちを忘れなければ、私は頑張れる。やっとそう思えるようになったのだった。

腕を上げてパンチから顔面を守るブロッキング、グローブでパンチをはじくパーリング、パンチと同じ方向に顔を向けて衝撃を受け流すスリッピング、上体を上下させてパンチをよけるダッキング、同じくパンチをよけるために上体を上下左右に振るウィービング……。

舟木さんや小林さんが教えてくれる防御の技術を、今度こそ真剣に聞き、いっぱい練習した。打たれるのが嫌なら、打たれなければいい。

出稽古にもたくさん行かせてもらい、いろいろなタイプの選手とスパーリングを重ねた。試合が怖いなら、怖さに慣れるまで実戦をすればいい。

それからしばらくして、会長はまた準備運動をしている私のところに来て、言った。

「やめたいと言ったとき、恵子は震えてたな。震える足と前進する足、どちらの足で歩むかは恵子の心しだいだ。震える足のほうが強いなら、やめてけっこうだよ。俺は前進させることはできないからね。わかるか、恵子」

「わかる」

私が言うと、会長は続けて言った。

「強気と弱気、震える足と前進する足。人間は必ず二つ持っている。恵子だけじゃなく誰でもそう。心というのはコロコロ変わる。だから『ココロ』と言うんだよ。わかるか、恵子」

◆もうすぐ3戦目が

今は2011年の春。私は今も真闘ジムに通い、次の試合に向けて練習を続けている。

もうすぐ3戦目のチャンスが巡ってきそうだ。

最近になって、会長から、

「恵子、ようやく身体の力が抜けてきたな」

と言われることが多くなってきた。

身体の力を抜く。それは真闘ジムに来て、私が最初に会長から教わったことだった。

入門したばかりの頃、私は身体じゅうに力を溜めこんでいた。肩や背中にも力が入ってしまいパンチも遅かった。力むからスタミナを無駄に使ってしまい、スパーリングをやってもたった1ラウンドだけで疲れきってしまった。力を抜くことで、パンチのスピードが増す。そして疲れない。脱力のコツがやっとつかめてきた。

私が入門した頃、会長は「女子がボクシングなんてやるもんじゃない」と言っていた。

でも、２戦目のあとだったか、私が
「女子はもともと闘う本能なんてない。やっぱりボクシングとか格闘技は女性に不向きだ。頑張ったって男みたいになれない」

と愚痴《ぐち》をこぼしてからは、会長の言葉も変わってきた。今では、私がちょっと気を抜いていると、

「女だからって甘えるな！」

と檄を飛ばして私の気を引き締めてくれる。

身体を動かしたい、格闘技なら何でもいいという理由でボクシングを始めて丸10年が経

つ。その間には、夢中になってボクシングに打ち込んできた時期もあれば、ボクシングのルールに怒り、失望し、ボクシングから遠ざかっていた時期もあった。震える足と前進する足。強気と弱気。会長の言う通り、心をコロコロと変えながら、それでもボクシングを続けてきた。

やっと今、ボクシングがわかってきた気がする。だから、まだやめられない。

世の中には、何かスポーツをやりたいけどできない、職業でも医者や警察官などになれないと落ち込んでいる、私のような障害を持つ人がたくさんいると思う。そんな人たちに少しでも勇気を与えられたら嬉しいと考えるようにもなった。

この2月、大宮ろう学園で講義をさせてもらった。

私が講義なんてと気が引けたけれど、高等部の学生たちにボクシングのこと、私の経歴のことなどを話した。

その日一番盛り上がったのは、最後にボクシングの基礎を教えたときだった。

「ボクシングは怖いイメージだったけど、実際シャドーをやってみたら面白かった」

学生からそんな感想をもらったときは、本当に嬉しかった。

「いつかは指導者になりたいなあ」

漠然《ばくぜん》と、そんな夢を持つようになった。聴覚障害者にも、私なら手話つきで教えられる。

その中から私のようにプロを目指す人が出てきてくれたら最高だなと思う。

これはあとから知ったことだが、会長の私に対する第一印象は「セミ」だったそうだ。

「セミは7年の間、ひたすら地中で外の世界の光を待つ。恵子も長いこと光を求めてもがいていたのだろう」

その通りだと思う。真闘ジムに出会う前の私は「聞こえない」という殻《から》の中でじっとうずくまっていた。本当の意味で外の世界を見ようとしていなかったかもしれない。

今は１８０度気持ちが変わった。

障害を持っても明るく頑張っている会長を見て、勇気をもらったからだ。会長に出会ってから、私の人生は変わった。

まだ地中にいた頃の私は、頑固で、人の意見を聞こうとしなかった。

本当は周りの人が光を当てようとしてくれていたのに、自分から背中を向けていた。この本を書いてみて、そのことにも気づき始めている。

エピローグ

私がたくさんのスポーツの中からボクシングを選んだのは、じつは団体スポーツが苦手《にがて》ということも理由のひとつだった。

でも、真闘ジムに来て、ひとりだけでできるスポーツなどないことに気づいた。ボクシングは周りの人たちのサポートなしではできないものだとわかったからだ。それは障害者にも健常者にも言えることではないかとも思った。

真闘ジムでは佐々木隆雄会長をはじめ、小林亮一チーフトレーナー、舟木肇マネージャー、向麻紀トレーナー……みんなが私にボクシングを一から丁寧に教えてくれた。そこまで熱心に教えてくれる指導者に出会えたからこそ、私はプロになれたのだと思っている。

今は、プロとして試合をやらせてもらえることの喜びを、日々実感している。プロとしての練習はきついし、減量も大変だし、怪我もよくするけれど、そのたびにジムの人たちが支えてくれ、励ましてくれる。これが「仲間」なんだ。初めてそう思えた気がする。

真闘ジムが私に与えてくれた大切なものは、プロライセンスだけではなかったのだ。

一番近くで見守っていてくれた両親も、私にとってはかけがえのない存在だ。そのことも、プロボクサーになって気づかされたことのひとつだった。

プロになるまで、父とはボクシングの話を一切しなかった。父も他の人たちと同様に、「いい歳をして」とか「もう少し女らしい趣味はないのか」と思っていたことを、この本をつくる過程で初めて知った。

しかし、デビュー戦で一番喜んでくれたのは父だった。そして、父も昔、埼玉県上福岡市のボクシングジムに通っていたことを、初めて私に打ち明けてくれた。父とは、これから少しずつボクシングの話をしていきたいと思っている。

この本をきっかけに、嬉《うれ》しい再会もあった。

先日、久しぶりに中学時代の恩師である和田幸子先生を訪ねたのだ。中学時代、不登校になってしまった私は、毎日、和田先生のいる言語学級に逃げ込んでいたのだった。

昔話に花が咲く中、和田先生がこんなことをおっしゃった。

「高橋先生が今年の年賀状にあなたのことを書いていたのよ。『新聞に載っていた。活躍していて嬉しい』と」

高橋かおり先生は、中学3年生のときのクラス担任だった。当時、クラスで起こった出来事をきっかけに、私は高橋先生を無視するようになり、ほとんどしゃべらないまま卒業してしまった。「あの高橋先生が年賀状で私のことを?」

とても驚いたけれど、同時に、苦い過去を思い出したくないという気持ちもあった。それでも、和田先生を訪ねた日の夜、私はいろいろ考えずにはいられなかった。和田先生の一言が引っかかっていたからだ。

「高橋先生は、あなたのことで心残りがあるのよ」

高橋先生を拒絶していた気持ちが、私の中で揺らいできた。

翌朝、妹の聖子にそのことを話すと、教員経験のある妹はこんな話をしてくれた。

「問題児や障害を持つ生徒は、『責任を持って引き受ける』という教師が担任になるんだよ」

そうだったのか……。覚悟を決めて引き受けてくれた先生を、頑固《がんこ》な私は受け入れようとしなかった。高橋先生も辛かったのだ。申し訳ないことをした。卒業してから15年以上も経って、初めてそう思った。その日のうちに、私は和田先生に宛ててメールを送った。

「次の試合に高橋先生を招待したいです。高橋先生にも伝えて下さい」

つい最近、私のプロ3戦目の試合が決まった。2011年6月7日、後楽園ホール。相手は好戦的なファイターで、強敵だ。

試合には、和田先生、そして高橋先生も来て下さることになった。中学時代はさんざん迷惑をかけてしまったから、昔の私と違って頑張っているということを、リングでの闘いを通して伝えたいと思っている。

以前の私は、頑固で、人の意見を聞こうとしない人間だった。

本当は周りの人が光を当てようとしてくれていたのに、自分から背中を向けていた。ようやく光を浴びた今、これまで見ようとしなかったものを見つめ直したい。聞こうとしなかった周囲の声を聞き直したい。心から、そう思っている。

最後に。私にプロボクサーとしてリングに上がるチャンスを与えて下さった日本ボクシングコミッション、東日本ボクシング協会、レフェリー、ジャッジ、ドクターなど関係者のみなさん、ありがとうございました。

そして、今回の出版を企画された創出版の篠田博之さん、構成をしていただいたライターの藤村幸代さん、撮影をして下さった写真家の杉博文さんには大変お世話になりました。ありがとうございました。

私は大人になってもずっとひねくれていました。障害を持っていることに不満を抱いていました。苦しみ続けていた私を救ってくれたのは、真闘ジムの佐々木会長でした。私は、世間ではもう立派なオバサンだけど、佐々木会長に巡り会えて、童心に戻ったように素直な気持ちになることができたのです。心から感謝しています。

私もいつか、佐々木会長のように強くて優しい人間になりたいと思っています。

［特別篇］ Special Part

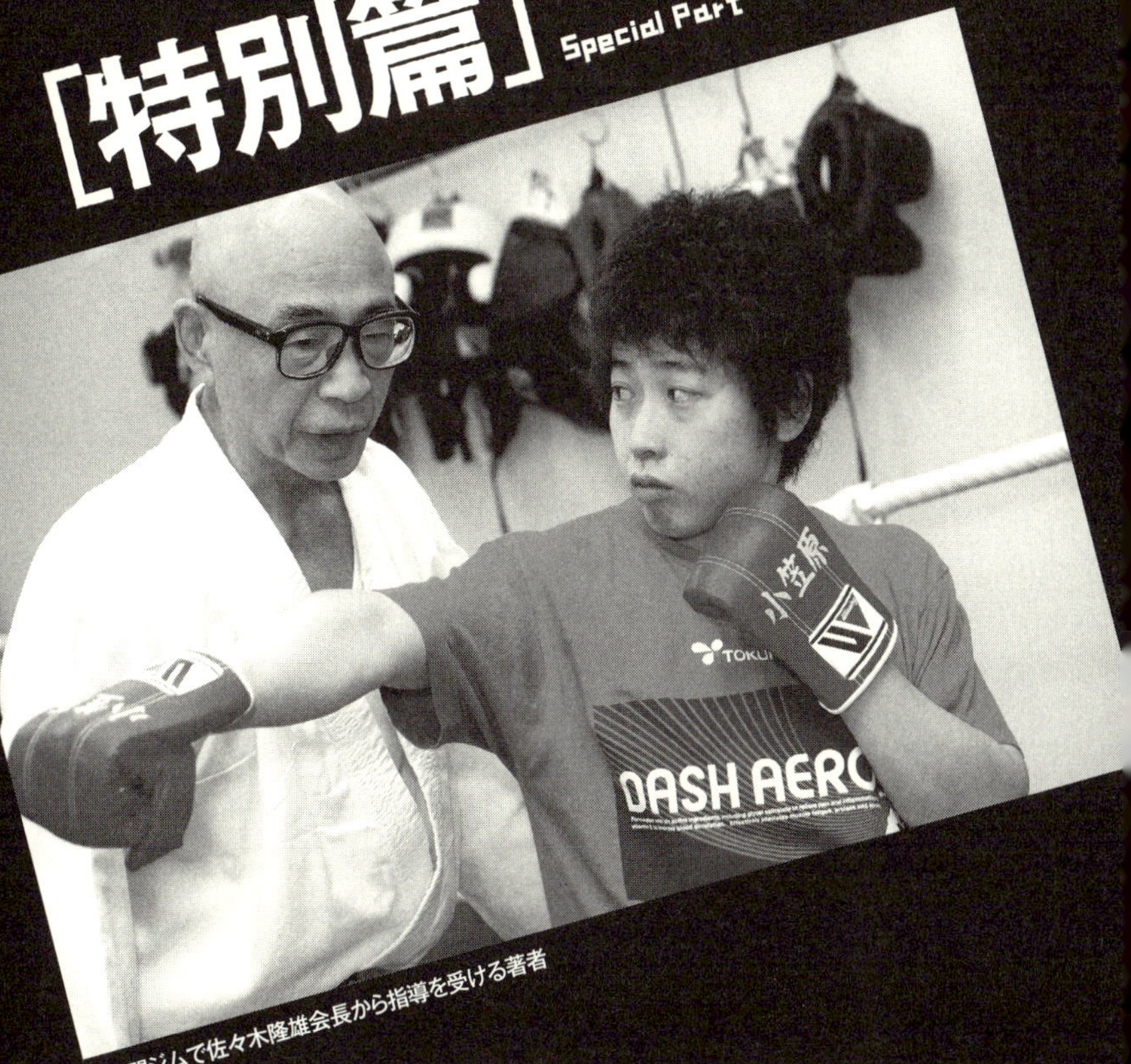

真闘ジムで佐々木隆雄会長から指導を受ける著者

恵子へ――『負けないで!』をめぐる人々

［両親］――父・廣久／母・喜代美

聴覚障害と知った時は衝撃だった

◆聞こえないという衝撃

――恵子さんは４０５０gの過熟児で生まれたそうですね。

母　生まれた直後は皮膚が剥《む》けていたりして可哀想でしたね。私も出血がひどくて丸一日、分娩台から動けなくて。お産は2時間で済んだけれど、本当に大変でしたね。

父　それで、あの子が3歳のときに聞こえないということがわかって。お母さんが信じられないという表情で、顔を紅潮させて病院から帰ってきたのを覚えていますよ。私にとっても衝撃以外の何ものでもなくて、一気に未来が暗くなりましたね。成長したらどうなってしまうんだろうと。

母　ただ、当時は夫婦であまりそういう話をした記憶はないんですよね。

父　将来のことを心配するより、まず目の前の恵子を育てることに懸命だった。特にお母さんは、それはもう必死で。

母　頑張って育てようとか、そんな意気込みみたいなものではなくて、ただこの現状を受け止めようと。そのときに支えになったのが、帝京病院の言語訓練で出会った方たちでしたね。同じ聴覚障害のお子さんを持ったお母さんたちがすごく頑張っているのを見ながら、「私もやって行けば、ああなるんだ」と。見本になる方たちがたくさんいたので、すごく落ち込むということはなかったですね。

――子育てに関して、ご両親の間で意見が分かれたことはありますか。

父　恵子に対してちょっと厳しすぎるんじゃないかと、そういう言い合いはよくしましたね。「もうやめろ、きつすぎる」とお母さんによく言っていました。

母　この子のためにと、あえてきつく接したこともあるけれど、今振り返るとやっぱり感情に走っていたと思います。そこはすごく反省する点で。だから虐待する人の心理もすごくわかるんですよね。自分が不安定な状況になると、弱い者に当たってしまうという。

父　夫が憎ければね、そのうっ憤を子供で晴らしたりもするだろうし（苦笑）。

母　本当に悪いということはわかっているけれど、つい手をあげてしまうということはありましたね。二人目の子が恵子より聞こえが悪くて、私がそっちにつきっきりになったこともあって、恵子には寂しい思いをさせたと思います。たとえ今、仕返しをされても、これはもうしょうがないなと。

◆思春期の爆発的エネルギー

――恵子さんが、妹の聖子さんに八つ当たりするようなことは？

母　ありましたね。それも、私が下の子ばかり見ていたから、ある程度はしかたがないのかなという気持ちが私の中ではありました。お父さんは、一方的に妹を攻撃するのはひどいと注意していたけれど。

父　「妹に当たるのはやめろ」と私が注意すると、今度は壁に当たってへこませてしまったりね。中学生になって思春期を迎える頃になると、それがだんだんエスカレートしていきましたね。私の仕事の失敗も多分に影響していると思いますが。

母　あの頃は家庭の中もぐちゃぐちゃな状況で、私たち夫婦の間でも喧嘩が絶えなかったんです。今にして思うと子供たちに聞こえなくてよかった（苦笑）。聞こえていたら、恵子ももっと荒れていたかもしれません。

父　そうでなくてもあの子の暴れっぷりはすごいですからね。ふだんはなだめる立場の私も「いい加減にしろ」と手をあげたことがありました。拳で殴ってね。ひどいことをしてしまったけれど、平手で追いつくようなタイプじゃないんですよ。すごいガッツで、怒られたり叩かれたりするほど余計に燃えるんです。今はボクシングに感謝しないと。ボクシングをやっていることで、あの子の爆発的なエネルギーが発散できているのかもしれないですからね。

――中学時代の恵子さんは、聴力が落ちてきたことでも悩んでいたそうです。周囲とコミュニケーションが取れなくなってきたと。

母　「ろう学校に行ってから普通の学校に行きたかった、順番が逆だった」と私たちにもよく言っていました。幼稚園からろう学校に通っている妹を見ていたせいかもしれません。恵子は右の耳が多少聞こえていましたから、普通学校でもやって行けると思って進学させたのですが、今思うとそれが果たしてどうだったのか。私もついてあげられませんでしたし、寂しい思いをさせたことはたしかですよね。

――最初から手話で周囲とスムーズに会話ができる、ろう学校に行かせていたらという思いもありますか。

母　そこは何とも言えないですね。私は特別支援学校の教員をしていますが、専門家の間でもさまざまな意見があるんです。最初に言葉を覚えて日本語を獲得してから手話をやらないと、「てにをは」などの正しい日本語が使えなくなると思います。

恵子が3歳ぐらいのときは、口話中心の指導法が主流でした。妹のときもまだ、ろう学校は口話中心でした。今は小さいときから手話が中心になってきているようです。それはそれで、子供の表現力が豊かでよいとされているようですが、文章力を身につけることが難しいとも言われています。恵子が正しい日本語で話したり書いたりできるのも、小さい頃からことばの教室で訓練をしたおかげだと思います。妹は、初めからろう学校で学んできましたが、教え方としては恵子を参考にやったので、よかったと思っています。

◆恵子の行きつく所の〝形〟を見届けたい

——恵子さんは21歳でボクシングを始めました。お二人はどのように思っていましたか。

父　最初の頃は相変らずだなと思いましたよ。いい歳をして、いつまでそんなことをやっているのか、もう少し他にやることはないのかと。普通の女の子みたいに彼氏を持つとか、穏やかな女の子らしい趣味を持つとか。

母　私は全然反対しなかったですね。もちろん障害のこともあるからですけど、人生を楽しく生きて行くなら何か生きがいがあったほうがいいと思っているので。結果的には、それがたまたまボクシングだっただけで。まさかプロになるとは思っていなかったけれど。

左から母、父、著者（2011年4月撮影）

父　恵子がプロになって、私は以前とは見方が変わりましたよ。いつまでやっているんだと思っていたけれど、プロになって目標や生きがいを見つけたんだな、ひとつの悔いのない人生に向かって行くのかなと。ボクシングがなかったら、あまりいい結果ではないですもんね。恵子の今までのことを振り返るとね。今は大きな目標と人生の目安ができて、かえってよかったなと思いますし、今までが無駄じゃなかったのかなとも思いますね。

母　それはたしかに言えるけど、試合となると……。

――娘の試合は絶対に見ないと決めている親御さんも多いようですね。

母　よくわかります。やっぱり見ていられないですよね。女の子同士がボコボコ顔を殴りあうのはキツいものがあるし。デビュー戦は大丈夫だったけど、2戦目はだいぶ打ち合って、本人もいつ投げ出すかなと思ったほどです。辛そうなのがわかったし、それでもプロになったからにはとことんやっちゃうんだろうなと思うと、私としても、すごく辛いものがありました。実際、2戦目のあとは恵子に「やめなさい」と言いましたしね。

父　でも、私の親戚なんかは「まだそんなことをやっているんだ」と呆れていましたけど、プロになって後楽園ホールで試合をしているんだと言うと、やっぱり一目置いてきますよね。新聞に取り上げられたこともあって、かなり見方を変えたみたいですね。

母　私たちから見ると、淡々と練習をやっていただけなんですけどね。毎日、毎日続けられることはすごいとは思うけど、今、こうやっていろいろな所で取り上げられて認めてもらっていることも、あの子の支えになっているんでしょうね。恵子は、本当は運がいいんだと思いますよ。いろいろな場面でたくさんの方に助けていただいてますから。

父　私はね、とにかく恵子の行きつく所の形を見届けたいという気持ちがあるんですよ。過去にいろいろな思いをしている子ですから。その過去を払拭して、未来を築いて結果を出してくれるんじゃないかと。たしかに心配ではありますけど、その意味では試合に期待をしているし、楽しみにしてもいるんですよ。

［恩師］――和田幸子（元教師）
言語教室での忘れられない思い出

◆人の言動を冷静に観察する子だった

恵子さんとの出会いは1993年4月、私が川越市立初雁《はつかり》中学校の言語学級という「通級指導教室」で恵子さんの言語の指導をしたことがきっかけです。

通級指導教室というのは、全国の小中学校で実施されている特別支援教育の制度のひとつです。

障害児学級などとも呼ばれる「特別支援学級」は、単独の学級として設けられていますよね。でも「通級指導教室」は、知的障害、肢体《したい》不自由、聴覚障害、視覚障害、情緒障害などさまざまな障害を持つ子が、通常の学級に在籍しながら週のうち数時間を過ごし、それぞれの課題を克服するような学習をしています。

中学校の場合、最近は通常の学級活動や部活動が忙しいこともあって、全国的には通級指導教室を減らしていく傾向にあります。一方、小学校では増えつつあるようです。発達障害が一般に広く認知されるようになったことから、発達障害専門の教室を設ける学校が増えているからなんですね。通級指導教室には、そういった全国的な流れがあるんです。

この教室は全ての学校に設置されているわけではありません。川越市内では初雁中学校だけにあったので、当時は市内の他の中学から電車やバスで通ってくる子もいました。

以前、初雁中学校で理科の教員をしていた私は、マンツーマンで生徒と向きあい、きめ細かい指導ができる通級指導教室の存在を知り、いつかここの教員をしてみたいと思っていました。その後、ろう学校や盲学校に関わる資格を取り、ご縁があって通級の担当教員として初雁中学校に戻ってきたのです。

赴任した最初の年に私の言語学級に通ってきてくれたのが、当時中学2年生になったばかりの恵子さんでした。

言語学級では、耳の不自由な子や言葉の癖がある子、吃音《きつおん》でうまくコミュニケーションが取れない子などを指導します。私の場合、表現が微妙なところだけは筆談でやり取りをしていましたが、授業のほとんどは口話、つまり話し言葉で行なっていました。

恵子さんは口話もしっかり読み取りますし、発音もとてもよかったですね。しゃべっている分には他のクラスメートと変わらず、障害があることに気づかない人も多い。それだけに誤解も受けやすく、コミュニケートの面では苦労も多かったと思います。

その年は、恵子さんを含めて中学2年生が3人いた他、全部で4～5人の子が言語学級に通ってきていたと記憶しています。その中でも、恵子さんはとても落ち着いていましたし、人の言動を冷静に観察する子でした。ものごとへの興味関心があり知識欲も旺盛、事象と事象に関連性を持たせてつなげるのも得意。要するに頭がいいんだと思います。教員の中には「賢い」という言葉で恵子さんを評する方もいらっしゃいましたね。

◆机の上に残された「洋梨」の絵

才能の面で言えば、とにかく絵がずば抜けて上手でした。他の子とはセンスが全然違っていて、コンクールでよく賞をもらっていたことを覚えています。

恵子さんの絵のことでは、忘れられない思い出があるんです。

赴任した当初のことです。恵子さんと向かい合った私は、まず言葉の出具合や発音のチェックをしました。要するに、座学で学んできたマニュアルを実践しようとしたわけです。

恵子さんはきっと「そんなことはいい、先生に知ってもらいたいのはそういうことではない」と思ったのでしょう。それからしばらくしたある日、恵子さんは机に一枚の紙を置いて、教室を出て行きました。

不思議に思ってその紙を見てみたら、なんと「洋梨」の絵が描かれていたのです。

洋梨、つまり「用無し」。先生はお払い箱というわけです。

これはもう、してやられたなと思いましたね（笑）。さすがだなと。

この一件以来、私はマニュアル通りの指導をやめたんです。言葉や発音は二の次、まずはしっかり話を聞かないと駄目だと。絵の意味がわかったときは、やっぱりちょっとショックだったけれど、これは私の仕事だから逃げちゃいけないと思いまして、話をいっぱい聞いて関係づくりから始めました。

恵子さんが打ち解けてくれるようになったのは、3年生になった頃からでしょうか。家庭で起きた問題なども話してくれるようになって。でも愚痴《ぐち》は言わない子ですから、「こんなことがあった」という報告だけで、自分の中でしっかりとそのことを受け止めているようでしたね。

あの見事な筆致で描かれた洋梨の絵は、長い間取ってあったんですよ。自分への戒めとして。こちらのペースで行っちゃ駄目だ、目の前の子のペースに合わせなくちゃ。洋梨の絵を見るたびに、自分にそう言い聞かせていました。

◆教室に出ず言語学級へ

3年生の夏休み前でしたか、恵子さんは私のいる言語学級にほとんど毎日来るようになりました。通常の教室に溶け込むことができなかったのですね。

「教室からいなくなった」という連絡を受けて探し回ったら、屋上の踊り場に隠れていたこともありました。その前後から、通常の教室には一切行かなくなってしまって、朝8時半に登校してから午後3時の下校時間まで、言語学級にいるようになりました。

言語学級では一人で何をしていたんでしょう。記憶が曖昧《あいまい》ですが、私が空いているときは二人で話をしたり、他の子の授業が入っているときは隣の予備室で絵を描いていたり。給食も言語学級のほうに運んでもらって、一緒に食べていましたね。

3年生の後半になると、恵子さんと同学年で同じ障害を持つ女の子も通常の教室に通えなくなり、二人で言語学級に来ていました。今は不登校とか登校しぶりの子が、いっときをしのぐ場として保健室があったり、相談室なども設けられていますが、当時は相談室の機能はなかったので言語学級がその役目を果たしていたのでしょう。

聴覚障害の子たちは大変なんです。聞こえなくても周りに合わせながら一生懸命ギリギリのところでやっていますから。そこへ理解のない子の言動が重なったりすると、本当に疲れきってしまう。不登校になって荒れるというより、衰弱しきって教室に行けなくなるというケースは多いと思います。

当時のクラス担任は高橋先生という、若くてとても熱意のある女性教員で、恵子さんのことをいつもいつも心配していました。でも、恵子さんはこうと決めたら一途《いちず》ですから、高橋先生のお気持ちがなかなかストレートに伝わらなかったみたいで。恵子さんがろう学校への進学を決めたときも、「せっかくここまで通常の学校で来たのに」と残念がっていました。それは学年のほとんどの先生も同じ意見でしたね。「成績もいいし、美術方面なり好きな勉強を続けてほしかった。もったいない」と。でも、本人は気持ちの面で拒否しているから、勉強どころではなかったのでしょう。

恵子さんには嫌な経験もたくさんあったと思います。でも、現在の活躍までをトータルで考えると、彼女の歩んできた道は間違っていなかったのではないでしょうか。恵子さん自身が悩み、必死に考えながら踏みしめてきた道ですからね。

恵子さんがプロボクサーになったことは、まったく知りませんでした。

この出版の話をきっかけに恵子さんのお母様が連絡を下さって、そのとき初めて教えていただいたんです。聞いたときは、たしかに多少は驚いたけれど、ちょっと納得する部分もあったんですよ。

◆ボクシングと聞いて納得

彼女は中学時代から何かを持っていました。うまく説明することはできないけれど、内に秘めた何かがあった。強い根性のようなものもありましたね。ですから「ボクシング」と聞いて、その何かがこういう形で出たのかと、妙に納得できてしまったんです。

女性がボクシングをやるところを見たことがないので、恵子さんの闘っている姿もまだ想像できないのですが、身体もハードでしょうし相当の精神力も必要でしょう。お仕事と両立させているると聞いて、本当によくやっているなと感心します。

今年（2011年）のお正月に、担任だった高橋先生から「小笠原さんが新聞に載っていた、活躍しているようで本当によかった」という年賀状をいただきました。ボクシングとは書いていなかったんですけどね。先日の再会で恵子さんにそのことを伝えて、「高橋先生もあなたに気残しがあるみたい」と言ったんです。

そのとき、彼女は何も答えなかったけれど、翌日、私の携帯にメールをくれて「高橋先生を試合に招待したい」と。きっと家に帰ったあと、いろいろ考えたのでしょうね。

高橋先生に恵子さんからのメッセージをそのまま伝えたら、それはもう喜んでいましたよ。「ぜひ応援に行きたいです」と。

（談）

和田幸子先生（左）と著者（2011 年 4 月撮影）

【会長】――佐々木隆雄（トクホン真闘ボクシングジム）

魂を試合でぶつけてほしい

◆「その耳は治るぞ」と言った

うちのジムに来た頃、恵子はほとんどしゃべらない子だったんですよ。私はね、うちに来る子には来たときと帰るときに必ず大きい声で挨拶をさせるんです。恵子も、練習を始めるときに頭を下げて「おね…がい…します」とごにょごにょ言うんだけど、あとは何もしゃべらない。それが何カ月か続いてね。

ただ、真面目に通ってきているし、ある日「うちに来てプロになりたいのかね」と訊いてみた。そうしたら、聞き取れないような声で「どうしてもプロになりたいんだ」と。本格的に話をしたのはそのときが初めてだったかな。

「君は耳がいつから聞こえないんだ」と訊くと、「生まれたときから」と言う。

ボクシングにとって聞こえないというのは、それはもう致命的ですよ。作戦も与えられなければ、レフェリーの声も聞こえない。こんな危険なことはない。無言で習得できることはないしね。でも、試合に出るのは周りが反対することではない。本人が聞こえるように努力して、最終的には本人が決めることだから。

生まれたときから聞こえないと恵子は言ったけど、私は「その耳は治るぞ」と言いました。恵子は信じられないような顔をしていたかな。それから私は大きい声でね、「恵子、全然聞こえないならボクシングは無理だ。レフェリーのストップ、ファイトの合図も聞こえない。教えるときでもトレーナーが難儀《なんぎ》する。でも恵子、やる気があるなら、わしはなんとか恵子を教えてやるよ。その代わり、耳が少しでも聞こえるようにならなきゃ駄目だ。わしも目が見えなかった。だけど何年もかかって自分の気で見えるようになった。わかるか恵子、何でもね、命がけでやればできるんだよ」

そう言ったの。甘えを直してやろうと思って。

◆8年くらい前に目が見えなくなった

私の目が見えなくなったのは8年ぐらい前だったかな。

その頃、うちの近所でボヤ騒ぎが続いてね。子供たちが煙草を吸う、その吸いさしが火元になっているんじゃないかと。それで、私は見回りして煙草を吸っている子を見つけると「こらーっ」と注意して歩いていた。そうしたらある日、頭を後ろからパカーンと殴られてね。たぶん、私に叱られている子たちがやったんだろうけれども。それに脳梗塞《のうこうそく》が重なって、いきなり目が見えなくなった。

医者からは「治る見込みはない。生きていること自体、『奇跡』が二つつくぐらいなのに」と言われました。医者に見放されたら、あとは自分で治すしかない。自分の内から出る「気」というものを信じて、必死で治す努力をしました。「見えない」ということに挑戦したわけです。

今はね、ずっと目の前にかかっていた真っ黒いもやが灰色になって、色の識別もできるようになってきました。

うちのジムはもう39年になるけど、ずっと「挑戦」という言葉を胸にやってきたし、今だって壁に「挑戦」と貼ってある。だから「弱気じゃ駄目。恵子も強気で挑戦してごらん」と、そう話しました。

とにかく口を大きく開いて、「あいうえお、かきくけこ……」「わたしは、おがさわら、けいこです」。それを朝起きたら必ずやってごらん、ジムでも大きな声ではっきりと挨拶してごらんと言って、しばらく経った頃かな、恵子がしゃべるようになってきたんですよ。「どうした恵子、聞こえるようになったか」と尋ねたら「聞こえるようになった」と。それでプロテストを受けさせることにしました。

今までいくつものジムに「プロにはなれない」と断られて来たそうだけど、私だって来たときの恵子のままだったら試合になんて出せなかった。本人が懸命に挑戦してしゃべれるように、聞こえるようになったからテストも受けさせたんですよ。

恵子のことをコミッションに話したら、最初は難しいなという感じはあったけどね。経験のある古い審判にも話をして、スパーリングで審判の指導にちゃんと反応できるか、そういうのも見てもらいましたね。スパーリングをさせたら、何も問題がなかった。相手からダウンも取ったしね。

◆18歳でボクシングを始めた

目が見えない私が、耳の聞こえない恵子にどう稽古《けいこ》をつけるんだと思われるでしょうが、何も問題はないですよ。私も見えなくなった当初は苦労しましたけど、今までやってきた勘というものがあるからね。

私は18歳で自衛隊体育学校に入って、そこでボクシングを始めたんですよ。19か20歳のときには社会人のアマチュア大会でチャンピオンになった。でも、元々視力が弱くてプロにはなれなかったんですね。それで、20歳ぐらいからコーチになって、ずっとボクシングを教えてるの。アマで教えて、プロで教えて、39年前に自分のジムを出して。豊島政直という、連続1ラウンドKO記録を長く持っていた選手が最初の教え子なの。アマチュア時代から数えたら、教え子の数はキリがない。だから人の接し方はわかるし、その難しさも知っている。その子がどういうものを持っているかというのもわかる。

◆素質はないが資質はある

恵子は資質だけの子なの。素質はゼロ。資質というのは天然に持って生まれたもの。素質はその競技に向いたものを持っているかどうか。恵子は、競技に向いたものは何もない。だってそうでしょう？　短足だし頭はでっかいし（笑）。スピードもないしね。でも資質は持っているから、そこを伸ばしてやらないと。

恵子はなかなかいい子ですよ。優しいし、人間としての器量がある。こういう世界に女性が飛び込んでやろうなんて思うんだから、簡単に言えば根性もすごい。もともと勝気《かちき》で芯《しん》が強いんでしょう。そういう恵子の資質を生かしてやるのが私の役目ですよ。

あとは本人に「積極の気」さえあればね。スポーツの世界では、まして恵子みたいなハンディを背負っている者は、積極の気がなければいけない。だから、今でも「恵子、自分の生き方を積極の気にセットすれば、必ず道が開けるぞ。さあ、稽古しよう。名前が『けいこ』なんだから、稽古するに決まってるじゃないか」と言ったりしてね（笑）。

2戦目が終わったあと、恵子が私のところに相談に来たんだよね。「やめたい」と。「気が弱くなったときは上がるべきじゃない。短い間よく頑張ってくれた。ご苦労さま、すぐけじめをつけなさい」と私は言ったの。そうしたら少し休んで、うちのマネージャーに「やめたくない」と言ってきたんですよ。そんなことはわかっていたけどね。

それは本人の甘えなんですよ。私にヨイショされて、おだてられながら練習をしたいんでしょう。だけど、指導する私がおだててどうするの。

打たれるのが嫌だって言っていたけど、そんなことは最初からわかっていることでしょう？　だから言ったんですよ。

「いいか、プロになるというのは痛い、かゆいの問題じゃないんだぞ。あらゆることを乗り越えてやれるのか」。そう尋ねたら「はい、頑張ります」と、しっかり答えていましたね。

恵子以上に強い子はいっぱいいるんです。恵子の2戦目の相手なんて、翌日に電話をかけてきて「昨日はありがとうございました！　恵子さんに勝てるように一生懸命練習して、次に必ず勝つように頑張ります」と。すごい根性だよね。もう一回やったら恵子は勝てないかもしれない。だから闘志なき者は去るしかない。恵子にやめなさいと言ったのも、そういうことを伝えたかったんですよ。恵子だけじゃない、今まで教えてきたボクサーたちには、みんな同じことを言っています。「闘志なき者は去るしかないんだよ」とね。

ただ、あまりきつく言うとメゲてしまう。だから、うちにいる女性のトレーナーには「優しく頼むよ」と言っていますけどね。

◆ボクシングで大事なのは無言の気迫

7年間地中にいるセミじゃないけど、恵子はジムを何軒も回って、ずっと試合も出られなくて、それがいきなり光が当たったもんだから、きっとまぶしいだろうね。今は戸惑《とまど》いがちょっとあるみたいだよね。でも、根は明るい子だと思います。率直で、天真爛漫《てんしんらんまん》な子だと思います。子といっても、もう30歳だけどね（笑）、純情で、好感の持てる女性ですよ。それに、心に信念を持っている子だと思います。

ただ、ボクサーとしての本当の信念にはまだ足りない。まだ本物じゃない。以前よりは良くなってきているけどね。

ボクサーとして本当の信念が持てれば、黙っていてもその人間からは気迫が感じられる。

ボクシングで一番大事なのは無言の気迫ですよ。口でどうこうではないんですよ。リングの中は四角いジャングル。気に迫力がない者がリングに上がれるわけがない。私はリングサイドでいつもその雰囲気を感じ取っている。だから目が見えなくても選手がどういう闘いをしているかはわかります。

絶対の真実というのは「雰囲気」だと私は思っているんです。ジャングルの中で一番雰囲気を持っているのはライオンでしょう？ だから百獣の王と言われている。最近は「オーラ」とも言うけど、私は環境まですべてを表わす「雰囲気」という言葉が好きですね。恵子の試合でも、いつかその雰囲気を感じてみたいですよ。

私も66だし、女の子のことはなかなかわからない。だから、恵子がどこまでの気持ちを持っているのかもわからないけれども、恵子も生まれながらにしてああいう状態で育ってきているから、根底の魂はあると思うんだよね。その魂を、気の迫力を、試合で思いきりぶつけてほしい。そう願っていますよ。

（談）

【第2版】あとがき

本書は2011年に初版が刊行されたものだが、2022年、第2版を刊行することにした。きっかけは、本書の映画化が決まったことだ。映画は本書を原案としたものだが、オリジナル脚本で、タイトルは「ケイコ 目を澄ませて」。主役は岸井ゆきのさんで、佐々木会長役は三浦友和さん。2022年の公開だ。

小笠原恵子さんは本書刊行後、プロボクサーを引退したが、今でも格闘技を続け、手話と格闘技の教室を主宰している。この10年間で佐々木会長が他界するなど本書登場人物については様々な変化があった。

2011年の東日本大震災という大変な時期に刊行され、2022年のコロナ禍というこれまた大変な時期に改訂版が出るのは象徴的だ。多くの人が価値観を揺さぶられ自信喪失になりかねない時に、恵子さんの生き方に元気づけられる人もいるのではないだろうか。映画と本書が多くの人の目に触れ、いろいろなことを考えるきっかけになることを期待したい。

篠田博之（創出版代表／月刊『創』編集長）

Profile

Keiko Ogasawara

元プロボクサー（トクホン真闘ボクシングジム所属）

1979年生まれ。生まれつき聴覚障害があったが、小学校・中学校は普通学級へ通う。その後、ろう学校高等部、歯科技工士養成校を経て就職。歯科技工関連の仕事をしながら真闘ジムに通い、2010年4月プロテスト合格。7月、プロとしてデビュー戦に勝利、9月の2戦目も勝利。2011年6月7日の3戦目敗北後、プロボクサーを引退。ただし、今でも格闘技を続け、手話と格闘技の教室を主宰している。

負けないで！

2011年5月30日初版第1刷発行
2022年2月10日第2版第1刷発行

[著　者] 小笠原恵子
[発行者] 篠田博之
[発行所] ㈲創出版　http://www.tsukuru.co.jp/
〒160-0004　東京都新宿区四谷2-13-27
KC四谷ビル4階
電　話：03-3225-1413
FAX：03-3225-0898
メール：mail@tsukuru.co.jp
[構　成] 藤村幸代
[撮　影] 杉 博文
[装　幀] 坂根 舞（井上則人デザイン事務所）
[印刷所] モリモト印刷㈱

ISBN978-4-904795-11-8